Retrato de rapaz

Mário Cláudio

Retrato de rapaz

oficina
raquel

© 2015 Mário Cláudio e Publicações Dom Quixote
O autor é representado por Bookoffice (http://bookoffice.booktailors.com/).

© Oficina Raquel, 2016

EDITORES
Raquel Menezes e Luis Maffei

CAPA
Camila Mamede – Cuca Design

IMAGEM DA CAPA
São João Batista (1513-1515), de Leonardo da Vinci
Pintura a óleo, 69 cm × 57 cm

PROJETO GRÁFICO E DIAGRAMAÇÃO
Julio Baptista (jcbaptista@gmail.com)

REVISÃO E PREPARAÇÃO
Luis Maffei

oficina raquel
www.oficinaraquel.com
oficina@oficinaraquel.com
facebook.com/Editora-Oficina-Raquel

Dados Internacionais de Catalogação na Publicação (CIP)
Angélica Ilacqua CRB-8/7057

Cláudio, Mário
    Retrato de rapaz / Mário Cláudio. – Rio de Janeiro : Oficina Raquel, 2016.
    154 p.

ISBN: 978-85-65505-88-8

1. Literatura portuguesa 2. Romance 3. Ficção I. Título

16-0295   CDD P869

Índices para catálogo sistemático:
1. Literatura portuguesa

Ao Paulo Cunha e Silva
Ao Fernando Marques de Oliveira

Leonardo, que talvez fosse o mais famoso canhoto da história, jamais tivera um caso de amor.

Sigmund Freud – *Carta a Wilhelm Fliess*

A lição

1.

Varrer o chão da oficina, obedecendo aos critérios que o mestre lhe impunha, e sentindo-se vigiado por uma atenção de águia, ou de doninha, seria o bastante para o desencorajar. Sujeitara-se ao banho iniciático que ele lhe determinara, confundido ainda pela ameaça do pai que o fora entregar com uma botelha de vinho, do mais vermelhão, e duas fogaças, acabadas de cozer, numa espécie de paga pela aceitação do valdevinos. Dissera-lhe o velho, "Vais para não voltar, trata-me de mereceres o sustento próprio porque já te enchi de mais a barriga, mas se não quiseres trabalhar, meu bardino, isso é contigo, não trabalhas, e morres à fome." Giacomo di Pietro Caprotti, o desgraçado, sacudiu os caracóis úmidos da barrela, e que mesmo assim continuavam a escorrer-lhe água pela nuca abaixo, mal enxutos num desleixo infantil que enternecia o novo patrão. O pintassilgo que entretanto cantava na gaiola, e que parecia troçar dele, transformava-se-lhe num inimigo mais entre os muitos que o coração rebelde lhe atraía, feirantes que lhe espiavam o movimento das mãos, frades que lhe puxavam as orelhas de patife que gostava de os rasteirar, ou guardas do Castello que o levavam de cana para um chilindró onde sempre topava com amigalhaços da noite. E à medida que ia varrendo, a fingir que não reparava no que não fosse a tarefa de que se incumbia, capacitava-se de uma mudança na atitude do amo. A mirada fixa, de bicho selvagem, convertia-se-lhe agora no olhar do canzarrão que vem pedir que lhe acariciem a cabeça. Contrafeito talvez pelo sobressalto que o acometera, demorava-a sobre Giacomo, mas sem conseguir apagar o sorriso que lhe tocava os lábios. E tudo isto o rapaz intuía, amparado por uma ciência imemorial, herdada de antepassados que, quando na idade dele, haviam batido as tortuosas ruas de Milão, buscando o que calhasse de os favorecer, o alforge abandonado no balcão da taberna, o fio de oiro do mosquetão enfraquecido pelo uso, ou o cavaleiro à cata do ganapo mariola, necessitado de patrocínio. Deu entretanto conta de que o patrão deixara de se interessar por ele, e descortinou-o de soslaio, a ler o que se lhe assemelhava uma carta, de rosto iluminado pela vela que ardia num escaparate à sua direita. Suspendeu então a lide de limpeza, e foi encostar a vassoura de giesta a uma pilha de tábuas de castanho. Encarou o homenzarrão que se distraíra, e o único rumor que se escutava na oficina, sendo como era aquele o dia canónico de Santa Maria Madalena, e beneficiando portanto de folga os artistas que a ela tinham direito, provinha do lume que não cessava de rugir nas goelas fechadas da enorme fornalha.

O mestre levantou os olhos das linhas da missiva, e pousou-os com vagar no garoto que se lhe especava ali, de pernas ligeiramente afastadas nas calças que não lhe chagavam aos tornozelos. Eram muito azuis aquelas pupilas, do tom das pétalas da pervinca que esmalta os campos de Oreno, terra natal do rapaz, abrindo-se com serenidade na cara bronzeada, e percorrida por rugas na testa, e na comissura dos beiços. Aos dez anos, sabendo o que sabiam da vida as putas do Borghetto, foi com alegria que Giacomo ouviu esta ordem mais, carregada do condão de dissipar nele quanto de temor lhe restasse, "Despe-te lá!" Despojou-se dos andrajos que voltara a enfiar a seguir ao banho, e colocou-se a três quartos, impúbere de pele branquinha, e de mão na cintura, conforme ao que supunha agradar, a quem o levasse consigo. Tendo virado do avesso a carta que estivera a ler, o amo pegou na pena que trazia entalada da orelha, e antes de rabiscar o que pretendia atalhou com isto, "Não te quero assim, assenta o joelho direito no chão, mantém o outro dobradinho, isso mesmo, como se estivesses sentado, e coloca-te de perfil, tal e qual!" E a traços rápidos de tinta foi esboçando o retrato do miúdo, mais preocupado com os caracóis que lhe revestiam o pescoço picado das pulgas, e no qual a lavagem não alcançara remover o sarro acumulado. Liberto de toda a pose, o pequeno modelo lançou-se a observar quanto o rodeava. Admirou os frascos de líquido de variegadas cores, o cadáver do morcego, pregado numa placa de madeira, de membranas e patas escancaradas, e as rodas de ferro que giravam sem parança, abastecendo de água uma conduta que a escoava para uma

cubazinha. O azulíssimo olhar do patrão fitou por instantes o negríssimo do criadito, mas logo se assombrou, e amachucando a epístola, em cujas costas gatafunhara a figura infantil, genuflectida num místico cenário, descerrou a porta da fornalha, e arremessou-a lá para dentro. E possuído por uma irritação que de imediato amainaria, desabafou nestes termos, "Não vale a pena teimar, meu Menino, nunca mais tentarei espetar-te asas nas espáduas porque o que diz bem contigo, meu Mafarrico, é um bom par de corninhos, e passarás por isso a chamar-te Salai, mas não te vistas por enquanto, vou comprar-te a fatiota que de ti fará um ser humano, nem do Paraíso, nem do Inferno."
Não se consente a um bicho da rua, da súcia das ratazanas, e dos cães, em que mexa nos livros que alimentam uma vida inteira. O banho a que o rapaz fora obrigado, e a que obedecera com uma praga entalada no gorgomilo, não operara o milagre de lhe remover o esterco das unhas. E quando o mestre o distinguiu pelo canto do olho, e através dessa visão fulgurante em que se descortinam os fantasmas, já ele se achegava ao cartapácio aberto na mesa do centro da oficina. O homem pousou a lente que por instantes ajustara ao olhar, e manteve-se alerta para o que pudesse vir a acontecer. Seguro de haver conquistado entretanto aquele que o recebia como serviçal, e que muitos lhe tinham descrito como um deus, um monstro, ou um feiticeiro, o pequeno não se deteve na intenção que o impelia. Trepou a um banquinho, e de forma a alcançar o nível do volume que ali se ostentava,

sorriu ao triunfo a que supunha aceder, e experimentou virar a página à sua frente. Um berro seco porém interrompeu-lhe o movimento, e de imediato a voz escura, mas calma, o ameaçou com isto, "Não te atrevas, meu Diabrete, ou corto-te a mão!" Suspendeu o garoto os dedos sobre a gravura que representava uma máquina de assédio, preparada para a abordagem de uma torre de caprichoso recorte. O mesmo tom, se bem que mais sereno, acometeu-o assim, e como se falasse de si para si, "*De Re Militari*, de Roberto Valturio, uma obra preciosa, impressa em Verona, vai para vinte anos, por um tal Johannes Nicolai." E logo, correndo para o miúdo que continuava como o Senhor o pusera no mundo, tomou-o pelo pulso, arrastou-o para um ângulo onde se empilhavam objetos heteróclitos, vagos reposteiros, peças desirmanadas de cerâmica, um elmo com um penacho, e outras coisas múltiplas, e lançou-se numa busca. Desentranhou de semelhante caos um cordãozinho dourado, dirigiu-se à távola onde costumava comer, arrancou uma folhita de vide ao cacho a que se agarrava, e enfiou-a no cinto improvisado com que circundou o baixo ventre do traquina. E sem lhe dar tempo a perguntas, a queixas, ou a espantos, levou-o de escantilhão pela viela fora, desceu os três degraus da baiuca do alfaiate, e ordenou, "Salustiano, tira medidas, irás talhar para este renegado o que te mando, duas camisas, dois calções, e um gibão, e quanto ao resto ficará tal e qual como está, quero dizer, descalço, pois não tem pés como nós, só cascos como os cabritos."

Que pretende um mestre do seu criado novo, quando lhe ordena que varra o chão da oficina, que se banhe, que pose para um desenho, e que se preste a calcorrear a viela de escantilhão, nuzinho como um querubim, mas de parra como nosso primeiro pai, a tapar-lhe as minudências? Regressado à penumbra daquele desconchavo de aprestos de pintura, de livros, de instrumentos musicais, e de utensílios de laboratório, nem aí o deixaria em sossego o que o albergava por esmola, por curiosidade, ou por simples capricho de agir ao contrário da gente normal. O amo revolveu-lhe os caracóis do cimo do toutiço, soprou neles como as vendedeiras de galinhame, e juntando polegar e indicador, extraiu um piolho tresmalhado. Tornou a pegar-lhe no pulso, puxou-o para a sua beira, meteu o parasita num frasco, e achegando ao bojo a lente que sempre trazia, pendurada ao pescoço, chamou a atenção do pequeno para o que pulava lá dentro. "Estás a ver, meu Danado?", increpou com voz surda, "chama-se *Pediculus capitis*, e é uma pena que não te comam por inteiro os irmãos deste que te infestam as gaforinas, esfomeados como andam, e tal e qual como a Hidra de Lerna que se empanturrava de meninos como tu!" O infeliz soltou-se do aperto a que o homem o sujeitava, e foi para a outra banda, a coçar a cabeçorra com as unhas debruadas a lixo. O patrão reaproximou-se, e à maneira do torcionário que não desiste da sua vítima intimou-o com maus modos, "E agora vais abrir-me como deve ser esses olhos, e aprender o nome dos bichos da Terra, todos muito mais hábeis, muito mais honrados, muito mais sábios, do que nós que vivemos na convicção de reinar sobre eles, isto apenas por sermos capazes de os batizar em latim." E à medida que folheava diante do olhar atônito do catraio o compêndio em que se reproduziam variados exemplares da animalidade, sussurrando quase em termos conciliadores, pôs-se a explicar assim o que a cada qual respeitava. "A *Athena nocua* dorme de dia, e pia de noite, gosta de azeite, e consta que se dá bem debaixo das saias das bruxas, a *Aquila chrysaetos* de vez e quando desce até cá abaixo, e numa ocasião terá vindo por ordem de Júpiter roubar um como tu, de apetitosas nádegas, que o soberano dos deuses cobiçara para um banquete especial, e o *Meles meles* mostra-se desembaraçado a sepultar os seus mortos, mas não atreito a desenterrá-los como faz o que te conta estas tretas, a fim de descobrir de que massa terão sido fabricados, e em que lugar residiria neles a alma, duvido de que no *sensus communis*, conforme por aí se propala, na época em que cirandavam por este vale de lágrimas." E fechando logo o calhamaço das ilustrações ensebadas, bateu com ele na abismada cara do moço, e rematou o exórdio com as seguintes palavras, "Falta determinar agora de que tamanho será o coração que te palpita no peitinho, mas há tempo para isso, meu Anjo, uma noite destas, quando te apanhar nas profundas do sono."

Na primeira oportunidade, ao deparar-se só, o rapaz libertou-se do ridículo cinto dourado, e fez em pedaços a folha de vide que nele o mestre prendera. Ansioso de provocação, tornou a meter-se nos farrapos com que se apresentara à chegada, e botou-se a recordar um outro cinturão, o do amo, uma faixa de veludo negro em que este entalava a bolsa de dinheiro que trazia sempre consigo. E nesse preciso instante avistou-a, largada ali, e ao Deus dará, numa banqueta, e oferecida de bandeja a quem dela quisesse apossar-se. Bem sabia o que lá dentro se guardava entre papéis sem valor, umas seis liras, isto sem contar os trocos, sendo quatro para o que fora encomendado ao alfaiate, e o restante para o que calhasse. Pé ante pé acercou-se daquele tesouro, e achou o que não esperava, nada mais, nada menos, do que trinta e cinco liras, excluindo os soldos esparsos que resolveu desprezar. Enrolou num lenço ranhoso a choruda quantia, e converteu um trapo velho numa alça que, rodeando-lhe o pescoço, lhe prendia o produto do furto ao côncavo do sovaco esquerdo. E por um supremo gesto de desafio deixou soltos os atilhos da bolsa, a fim de que se apercebesse o homem de que havia sido enganado. Pôs-se ao fresco, muito lépido, mas não sem dobrar o cordão de querubim num novelinho, colocando-o a seguir em sítio onde pudesse ser visto. Errava porém os cálculos, inconsciente do jogo do gato e do rato em que se lançara, uma vez transposta a entrada da tenebrosa oficina. O artista voltou das suas andanças, logo pôs o olhar na famigerada bolsa, e sorriu com prazer, ao descobri-la violada. Lembrou-se das outras peças de vestuário com que planeara brindar o ganapo, uma gorra de seda carmesim, e uns chapins, sem esquecer o bornal de cordovão que fingira recusar-lhe. Na estratégia de traições consentidas, e de confessados roubos, em que ambos se implantavam moldava-se-lhes uma amizade inquebrantável, difícil como as que desde sempre duram, e para sempre, escritas pelo trânsito dos astros na abóbada celestial, e pelas cartas que saem nas intermináveis partidas a que os habitantes do Olimpo se dedicam. Tomando entretanto a pena, o sábio registou, "Ladrão e mentiroso, obstinado e cheio de ganância", e mais abaixo, "Bem-vindo sejas, meu Patife, e que as labaredas do Inferno te alumiem o caminho!"

2.

Quando dois labregos descalços, servidores do alfaiate, chegaram para fazer a entrega da arca que continha o opulento guarda-roupa, expressamente confeccionado para o rapaz, só este se encontrava na oficina. Limitou-se a mudar de sítio, deixando o banco corrido onde dormitava, e deitando-se em cima daquela caixa de madeira, a simbolizar assim a tomada de posse daquilo que em sua ideia só a ele pertencia. E o mestre regressou, empurrando o carrinho de mão em que costumava acarretar o que fosse preciso, lenha e comestíveis, boiões de tinta, e resmas de papel, além do material necessário às lides do seu laboratório. Não se moveu o moço, ali estirado como sobre um ataúde, a aguardar que o homem promovesse a solene oferta daquilo que mandara costurar. E o artista não demorou de fato a abeirar-se dele, usando as falinhas mansas, significativas da ternura que lhe dedicava, e incitando-o nestes termos, "Anda lá, meu Pulhazinho, toca a ataviares-te como o príncipe em que te tornarás!" Ergueu-se o catraio de um pulo, despojou-se sem falsa vergonha dos andrajos que revestira, e sorriu com a brandura de quem se sabe pronto a assentir no que quer que lhe peçam. Enfiou os culotes, meteu-se nos calções, entrou na camisa, e por fim no gibão, e empertigou-se na figura bonita em que desejava recortar-se, e que não se distinguia da de um soldado que avistara na véspera, a catrapiscar uma rapariga que saía do mercado. O outro consentiu em que o pequeno completasse o seu arranjo, calçando meias e sapatos, e coroando-se com a negra gorra, atravessada por uma pena de faisão. E contemplando-o por momentos, coçou a barba que, havia mais de três dias não aparava, e aproximou-se do que se lhe imobilizava ao diante, a candidatar-se à palavra elogiosa, quando não ao entusiástico aplauso. De imediato o amo apoderou-se de uma faca bem afiada, e a golpes certeiros, mas sem que lograsse o ganapo esboçar qualquer gesto de defesa, rasgou-lhe a indumentária esmeradamente, agindo como quem executa uma tarefa de rigor, e articulando devagar este discurso, "Vais ficar de novo como vieste ao mundo, meu grande Biltre, para aprenderes a não ser vaidoso, nem arrogante, nem ávido de mais do que quanto a Natureza te dispensou, esse porte de anjo sem asas, nuzinho porém como todos os anjos deverão ser."

A partir dessa ocasião, e sempre que saía, o mestre obrigava-o a seguir-lhe na peugada, e invariavelmente coberto de andrajos, a fim de que se percebesse o lugar que o garoto ocupava na sua vida. Mas o rapaz parecia ressentir-se pouco da humilhação que lhe era imposta, ora fingindo não possuir consciência dela, ora deslocando-se aos pinotes na cola do homem, e à distância que ele lhe determinava, como um cabrito montês que se tresmalhasse. Conhecedora da excentricidade do florentino que Ludovico Il Moro contratara, Milão inteira reparava em tais desconchavos, e os que com ambos se iam cruzando trocavam piscadelas de olho, ou encolhiam os ombros, a insinuar um relacionamento entre eles que talvez fosse preferível deixar por esclarecer. E o mocito, fértil em expedientes de desforra, de provocação, ou de sobrevivência, atraía a si quantos cães vadios encontrava no caminho, seduzindo-os com os ossos que trazia entre os farrapos, e divertindo os curiosos com facécias deste teor, "São os meus aprendizes, e ensino-lhes tudo aquilo que sei, como se pinta o retrato da Madonna, e se arrancam as tripas de um morto, como se constrói uma fortaleza, e se põe uma máquina a voar, ou como se assam castanhas, e se tiram do lume sem crestar os dedos." Envolviam-se os canídeos em lutas de disputa pelos petiscos que ele lhes atirava, roncando aos estranhos que se aproximassem, e só por respeito a um berro do artista, irritado com semelhante comitiva, se afastavam, ficando a mirar de longe aquele duo de originais que atravessava a cidade das muitas torres, a de Santo Ambrogio, e de San Lorenzo, de Santo Eustorgio, e de San Giovanni alla Conca, de San Simpliciano, e diversas mais, sem contar a da Porta Ticinese. Passaram a tê-los, ao amo, e ao criadito, como inseparáveis, o primeiro na túnica bem menos comprida do que a decência prescrevia, e em geral cor-de-rosa, ou lilás, de barba às ondas, e penteada com extremo primor, e o outro como um anjo caído, ou um perro sem dono, lourito e enfarruscado. Principiaram a circular então histórias extraordinárias, que se recusava o grande gênio a comer o que quer que fosse que o catraio não houvesse provado antes, que o incumbia a cada passo de soltar os galináceos da capoeira dos vizinhos, e que condenava o desgraçado a esfregar-lhe o corpo com óleo de benjoim, quando não a limpar-lhe o cu de cada vez que se levantava da latrina. Os aprendizes do pintor, os autênticos, não escondiam o desprezo que lhe votavam, mirando-o de esguelha, e tomando-o à conta de mais um capricho do titular da oficina, insuscetível de representar para eles qualquer ameaça. Mas não conseguiam impedir-se de ceder ao divertimento suscitado pelas pilhérias do rapaz, acolhendo-o em suma como uma espécie de bobo natural, o que se lhes afigurava conforme às origens e características que lhe atribuíam. Enxotando-o da sua beira, quando se concentravam no trabalho que iam empreendendo, esboçavam aquele gesto entre o agastamento e a distração com que se punham a afugentar as moscas peganhentas, e anunciadoras da trovoada. Eram jovens muito sérios, e que por isso o pequeno não lograva reter-se de admirar, que investiam no futuro a paixão que ele próprio, e fosse qual fosse o destino que viesse a caber-lhe, jamais aprenderia a restringir ao presente. Possuíam inclusive nomes de família que não tresandavam a rusticidade como o Caprotti do apelido dele, e que sugeriam até uma dessas fidalguias de terceira plana, não raro mais ciosas dos seus pergaminhos do que a nobreza maior que não necessita de os proclamar. Constituindo uma boa dúzia de discípulos aplicados, deitava-se entre eles um tal Marco d'Oggiono, moço de parcas falas, e que o artista protegia com desvelo superior ao que dedicava aos restantes, isto por o entender favorecido por talento invulgar. Aparentemente alheado das tropelias do ganapo, denotava-se amiúde em Marco, quando depunha os pincéis, o fulgor que denuncia a inveja, o ressentimento, ou a mágoa, e que por instantes imobiliza o olhar por onde perpassa. Verdade se diga que nenhum dos alunos se atreveria como o miúdo a troçar do grande sábio, ao colar ao queixo um punhado de estopa, com o fim de parodiar as barbas do homem, ou ao surripiar-lhe do prato o melhor naco de salpicão que ele se descuidara de levar à boca, se se erguia da mesa para corrigir um terra de siena, ou um azul-cobalto, na tela em que andava a labutar. Entravam os fregueses que haviam encomendado um retrato, algum aristocrata com a sua turba de secretários e criados, e bem mais preocupado com as parecenças do que ali se figurava do que com o sentimento da respectiva alma, ou os membros de uma confraria, muito apegados uns aos outros no hábito pouco asseado, e competindo entre si no alardeio da ciência teológica, suscitada pelo tratamento que o artista adotara para o tema religioso de que o tinham encarregado. O gaiato eclipsava-se então, e enquanto se ajuntavam em magote os estudantes, a escutar as explicações que o pintor ia prestando a semelhante clientela, sempre voraz da obtenção do mais excelso com o mínimo de dispêndio, e permitindo-se discordar em matérias de técnica, o rigor da sombra de um renque de ciprestes, ou a direção da luz que aclarava um rosto. E em ocasiões assim, era certo e seguro, aparecia depois um serviçal afobado, a perguntar se acaso não surgira pelos cantos um anel de preço, um saco de moedas, ou simplesmente a caixinha de confeitos, produzidos pelas madres do Monastero Maggiore, com a qual o patrão tencionava apaparicar uma determinada prima, a quem muito prezava, e que nessa mesma tarde chegaria do seu palácio de Monza.

A cabeça em argila do gigantesco cavalo, a ser montado por Francesco Sforza, e que Ludovico, seu filho, encomendara ao artista, a fim de ser erigido em bronze numa praça de Milão, ocupava o centro da oficina. Tudo parecia girar em torno daquela massa que atravancava o espaço de trabalho, exibindo a estrutura craniana imensa, a farta crina, as orelhas fitas, e o focinho que entremostrava uma dentadura de besta feroz e terna, possante e frágil, resoluta e temerosa. Os que por ali cirandavam, alunos e auxiliares, espiados pelo rapaz no receio de que lhe roubassem a calorosa atenção do mestre, respiravam em cavalo, comiam e bebiam em cavalo, dormiam e acordavam nele, e para ele. E multiplicava-se o escultor em novos desenhos, não só atinentes à morfologia do equídeo, mas também ao instrumental indispensável ao seu levantamento, os moldes, as lâminas de refração que os articulavam, tudo fundamentado em minudentes anotações, redigidas a tinta vermelha, e nas quais se aludia à clara de ovo, à cinza, ao vinagre, à terra, ao pó de tijolo, ao alcatrão, ao óleo de linhaça, à terebentina, e ao sebo. Pouco a pouco ia assim o ganapo, levado pelo inconsciente afã de reconquistar as boas graças do amo, assumindo uma natureza equestre, manifestada em trotes e galopes, em relinchos, em violentos bufos das narinas, e nesse gemido plangente, comum aos cães, que denota a queixa, a súplica, ou a declaração de amor. O próprio construtor do cavalo deliciava-se com tais entremezes, e dir-se-ia estimulá-los até, isto como se o catraio o apoiasse no devaneio em que andava, e no engenho que punha na concretização dos seus artefatos. Por mais de uma vez, e a meio da noite, quando a cabeçorra surgia alumiada pelo borralho da forja, e tal e qual como uma divindade afável, mas castigadora, eis que o homem, imergindo do resto de um sonho bonito, ou de um horrendo pesadelo, se achegava aos tropeções ao catre onde o miúdo se encolhia num sono de tranquilidades. Abanando-o energicamente, obrigava-o a sair da sua rodilha de mantas, e como se ele mesmo não houvesse despertado ainda, ordenava o seguinte, "Finca-te nas patas posteriores, alça-te nas dianteiras, e upa!, arreganha-me essa dentuça!" O pequeno obedecia, hipnotizado por aquele olhar azulíssimo. E sacudindo a grenha de caracóis dourados, executava as suas piruetas diante do que o sustentava, e lhe concedia abrigo, e que não cessava de esculpir.

 As grandes festas de casamento, de cuja organização o artista fora encarregado por Ludovico Sforza, fariam ascender a cidade aos esplendores de uma Jerusalém eterna. Uniam-se pelos sagrados laços do matrimónio o duque Gian Galeazzo, sobrinho de Ludovico, e Isabella de Aragón, filha do rei de Nápoles, sustentáculos de uma desejada progénie que daria continuidade governativa ao ducado de Milão, a maior potência da Península Itálica. Perante o anúncio dos cortejos, dos autos, dos concertos, e dos banquetes, que o mestre dirigiria, e conforme à determinação da Corte de que não se poupasse nos gastos, nem se economizasse na inventiva, o rapaz arrebitara as orelhitas. E o seu espírito, brincalhão e turbulento, formado por boa dose do engenho imitativo do macaco, e não pouco pelo talento de disfarce do camaleão, impregnava-se de um entusiasmo ilimitado. Mais do que nunca apegava-se às andanças do amo, febrilmente debruçado sobre as folhas volantes onde ia desenhando os arcos triunfais, os cenários de palco, e o adereço das salas e mesas, destinadas às bodas. E sublinhava as ordens que o homem transmitia, acenando afirmativa, ou negativamente, com a cabeça, a extasiar-se diante da habilidade, ou a enfurecer-se defronte da inépcia, deste ou daquele artífice. Com o seu protetor escolhia os tecidos para o guarda-roupa dos figurantes, e para a decoração das câmaras, experimentando entre os dedos o toque de uma seda, de um damasco, ou de uma lhama de prata, e atrasando-se na seleção dos artigos de ourivesaria e alfombra, de passamanaria e marroquim. O ilustre criador de maravilhas reservava-lhe entretanto uma enorme surpresa, deixada para o final das celebrações, e que consistiria em o eleger para representar, nem mais, nem menos, do que um dos sete planetas que surgiriam na geringonça arquitetada como metade de um ovo, de interior revestido a oiro, e iluminado por miríades de luzes, a significar os astros do firmamento. Por razões muito suas, e que se absteria de explicar, o genial coreógrafo determinara para o miúdo a personagem alegórica de Urano. Apareceria ele assim, envergando uma clâmide roxa que punha a nu meio tórax, e de cabelos vermelhos, simbolizando o sangue que o deus derramara, quando Cronos, seu rebento, lhe talhara os testículos com uma foice. E como metáfora de tais órgãos, exibia ele um extenso colar de duas voltas, constituído por fiadas de bolas de malaquita. Na ocasião do espetáculo, e ao subir para ocupar a sua posição, o catraio torceria miseravelmente o pé direito. E o rictus que se lhe estampara no rosto agiria como evidência da fundíssima dor que sofrera no instante da mutilação.

3.

O mestre estacou, inclinou-se devagar, e proferiu um sonoro "bom-dia" diante da esquelética figura com que haviam cruzado ambos. Erguendo os olhos, o rapaz deu com o rosto de um velho calvo, sulcado de rugas, e de queixo em bico. "Bom dia, Giacomo Andrea", repetiria o amo como que temendo que o outro não tivesse ouvido o cumprimento. Mas era sobre o miúdo que se pousava entretanto a atenção do desconhecido, subitamente desperto, enquanto a língua espessa lhe transitava pelo sumido lábio inferior, de cá para lá, e de lá para cá. E o garoto ia-o observando minuciosamente, investindo na análise a ciência acumulada durante a fase de vadiice em que aprendera a avaliar o carácter, as intenções, e o estatuto, dos que se lhe deparavam no caminho. Admirou a pele das mãos do velhote, surpreendentemente muito mais lisa do que a das faces, e que lhe trazia à lembrança certas superfícies doces que apenas nas igrejas, ou nos palácios, se descortinam. "É muito rico", concluiu ele, deduzindo de imediato, "Há que tempos que não precisa de trabalhar!" E no regresso à oficina relatou à moçarada o encontro com o sujeito, ficando então a saber que o Andrea negociava em mármores, que seguia numa roda-viva à cata de aprendizes novitos, e que o homem lhe dedicava grande estima, não apenas pela proficiência com que o mercador exercia o seu mester, mas também pelo trato que entretinha com o que de mais ilustre, e de mais poderoso, formava a sociedade de Milão. Entretanto dialogava já o recém-aparecido com o artista que visivelmente tinha em boa conta, o que se percebia pelo sorriso que se lhe descerrava na boca sem dentes, e por essa fiada de acenos da cabeça que nos de vetusta idade não significa necessariamente o assentimento, mas a pura ânsia de que não os excluam do convívio. Praticavam de encomendas, de jazidas que depressa se iam esgotando, e dos cuidados que se impunham no polimento, e na limagem, das arestas das lajes. Mas como que atraído por um feitiço, o olhar do ancião voltaria à pessoa do pimpolho, e houve um instante em que este previu que não tardaria a que os dedos do Andrea, gesticulando na conversa, descessem a aflorar-lhe o desarranjo dos caracóis. Antecipando o desaforo, preparava-se para se esquivar à carícia, quando compreendeu que o marmorista falava de coisas de comer e beber, uma truta alimentada a camarões do rio, um pastel de feijoca e limão, e uma torta de uvas acabadas de vindimar, e não dos jovens que recrutara.

Mas nos vinhos que oferecia aos seus convidados é que o velho Giacomo Andrea se esmerava, desencadeando neles o clima de jubilosa confraternização que lhe servia a lubricidade dos propósitos. Abancaram assim certa vez a uma mesa que os oficiais e aprendizes, inteiramente à vontade com o anfitrião, e com quantos beneficiavam do privilégio de o frequentar, não cessavam de cobrir de iguarias de suprema inventiva. Inserido entre o mestre e o marmorista, o rapaz observava a animação da ceata, e de sobrecenho carregado, desconfiando de alguma astúcia do dono da casa que em qualquer momento se lhe revelasse. Durante os acepipes da praxe, e os primeiros pratos de resistência, manter-se-ia o velhote singularmente discreto, apontando à curiosidade do apetite deste, daquele ou daqueloutro, uma potagem de coxas de rã, um fricassé de codornizes, ou uma seleção de enchidos de múltipla proveniência. E instigando-os a provar os vinhos de que tanto se orgulhava, ora procedentes de uma sua vila no Valle di Chiana, ora de um seu domínio nas montanhas dos Abruzzi, ora até de uns terrenos arenosos que possuía nas cercanias de Carrara, aguardava a altura de ver os seus hóspedes suficientemente animosos, e aptos a participar nos despautérios que arquitetava, ou pelo menos a consentir neles. Foi então que o ganapo, menos prevenido do que de início, empenhado como se achava em desmontar a carapaça de uma santola que o Andrea lhe pusera à frente, sentiu aquela mão lisíssima, e espantosamente ágil, considerando a idade do atrevido, a subir-lhe pela perna esquerda, e debaixo da toalha de damasco que paramentava a távola, até se lhe fixar como uma tenaz naquelas partes a que apenas aos seus escolhidos facultava o acesso. Disfarçando a manobra, o caquético associava-se às gargalhadas imeparáveis, e aos torpes gracejos, em que o banquete descaíra, amparando-se na geral euforia que se apoderara dos comensais, a fim de levar a bom termo o seu plano de apalpação. Hirto de cólera, e rangendo os dentes como o jovem mastim que ruge ao assalto do lobo decrépito, mas sabido, o catraio saltou de um pulo para o meio das escudelas, das terrinas, dos copos, e dos trinchantes, e desatou a derrubar a pontapé quanto recipiente, e quanto frasco, se lhe deparava ali. Ao deter-se porém diante do assombro dos circunstantes, e sob os aplausos dos mais borrachos, apercebeu-se da insólita expressão do amo, a quem supusera homenagear com a defesa corajosa da sua honra juvenil. Muito sereno, e descascando uma maçã, isto como se projetasse cortá-la em metades que desenharia depois com o rigor do costume, o homem abstinha-se de olhar o pequeno nos olhos, infinitamente absorvido que prosseguia no seu labor científico, e incapaz de reparar no que quer que fosse para além do movimento das próprias mãos. E só nesse instante, esclarecido pela calma com que o outro se abstraía do tempo, e do lugar, o miúdo deduziria que tudo quanto sucedera havia sido previamente combinado entre o artista e o negociante, contado e pesado e medido como no festim de Baltazar.

Numa manhã de verão, regressando à oficina de uma volta pela feira, e sempre com o pimpolho no encalço, o homem depararia com um vulto que ao primeiro relance se sentiu incapaz de reconhecer. Muito menos do que uma pessoa, e pouco mais do que uma sombra, ali estava, amochando à luz que investia por um postigo alto, a dar de comer às pombas que à sua frente cirandavam. Mas o mestre acabaria por adivinhar Catarina, sua mãe, no enredo de panos de luto, não porque lograsse descortinar-lhe as feições, mas por identificar a mão que ia estendendo às aves as migalhinhas de pão. O rapaz entretanto sentou-se-lhe à beira, achegando-se a ela, apanhou alguns pedacinhos caídos, e pôs-se a ajudá-la em silêncio na tarefa a que se dedicava. No espaço vazio de gente por ser dia da feira semanal, e onde o sol pintava oscilantes manchas de claridade, a visão da mulher traria à consciência do pequeno toda uma infância que ficara por viver, e que a presença do amo, e de quanto lhe ia saindo do gênio, andava lentamente a suprir. Recordou-se de um desenho que encontrara pelo meio de vários outros, guardados numa gaveta de trabalhos esquecidos, e em que se representava uma cena que lhe tocara o coração. Estava uma certa mãe, surpreendida em atitude idêntica à de Catarina, já não a brindar as pombas com a dádiva da sua ternura, mas a lavar numa bacia os pés do menino que Deus lhe oferecera, e que se lhe instalara no regaço, nu na inocência da sua entrada no mundo. A criança apoiava a cabecinha no ombro da que o parira, e percebia-se-lhe no corpo essa sonolência que apaga a ideia da dor indesgarrável da travessia de cada um de nós. Como que inspirado pela recôndita imagem, tornada de repente nitidíssima, o catraio apegava-se cada vez mais à mulher até ao momento em que, cessando esta a sua tarefa de alimentação das pombas, as confiou aos cuidados do que a substituiria. Do alto das pernas firmes, e apartadas como as das sentinelas, o pintor botara-se a estudar os dois, intuindo que eternamente lidaria com semelhante quadro, ou porque o houvesse adquirido numa anterior peregrinação pela Terra, ou porque o tivesse sonhado numa noite antiquíssima. Catarina ergueu então os olhos, e encarando o que concebera na idade em que o amor lhe escaldava os quadris, e que, feito adulto, se levantaria à glória, articulou o nome que lhe enchia a alma, "Leonardo". E revertendo a atenção às suas pombas, calou-se num segredo que ninguém decifraria. Soltara-se-lhe entretanto uma trança da nuca, deslizando-lhe depois pela espádua, sinuosa como uma serpente, e detendo-se à altura do seio. E o que, por ela chamado, assumia a integridade do ser, afagou ao de leve o cabelo de ambos, mãe e discípulo, e murmurou baixinho, "Amai-vos como eu vos amo."

O ganapo transitaria rapidamente à condição de neto da recém-chegada, alvo de mimos que continuavam os que a mulher dispensara ao filho natural, e que lhe adoçavam o estado em que se achava, de viúva do que a tomara apesar de mãe solteira. E não havia traquinice que Catarina não desculpasse, atribuindo-a à vivacidade de espírito do malandro, a qual de certo modo assegurava o encadeamento das gerações, nem falcatrua dele que não escondesse, justificando-a perante o mestre com argumentos que apelavam à tolerância devida à irresponsabilidade da infância. Mas não bastava isto ao azuratado aprendiz, jamais se refreando de extorquir daquela santa, a quem chamava "a velhota", as moedas que lhe apeteciam, nomeando-a ao mesmo tempo representante dos seus interesses junto da eventual rispidez do amo. Comprava-lhe com beijos e afagos a intercessão, e lançava-se em escapadas noturnas, repondo as aventuras que vivera pelos becos da cidade, e oferecendo-se por um preço acrescido, decorrente da aura que o nimbava como querubim do pintor. Um ano inteiro passaria sobre os campanários de Milão, e atrás dele um outro, e outro mais. Tornava-se branco de neve o cabelo da avó alternativa, e o miúdo convertia-se em adolescente, substituindo o cuidado com que alimentara as pombas pelo carinho que ia dedicando a uma salamandra que muito estremecia, e a que nada recusava. Cansado de desmandos assim, o artista fingia votá-lo ao desprezo, tacitamente entregando a Catarina a missão de compensar o garoto das ausências a que como criativo se sentia obrigado. O catraio principiaria entretanto a trazer para a oficina, sempre que se supunha a salvo da fúria do seu protetor, quanta rameira se lhe associasse a desoras, e alapavam-se estas, muito lerdas, pela área de trabalho, utilizando bastas vezes como as costas de uma tela que o homem não terminara como távola onde assentavam os copázios de malvasia. E se em alguma de tais ocasiões a pobre da mulher simulava dormir, cobrindo a cabeça com a manta, a fim de se defender do escarcéu produzido por semelhante ralé, por regra levantava-se para assistir às que reputava de convidadas dignas de respeito, e servia com um sorriso brando as desgraçadas que nem sequer lhe agradeciam, taxando-a de criada sem a menor importância, e decrépita ainda para mais, de quem tudo se exigia, e a quem nada se ficava a dever. E quando, indo alta a manhã, o patrão regressava de uma das suas excursões à montanha, de um longo festim na Corte, ou da vilegiatura na residência estival de uma grada família que em sua privança não admitia o rapaz, nem a que se estabelecera como sua avó adotiva, Catarina arrumara já, e de forma a que não sobrasse rasto da taina da véspera, o espaço que os desordeiros tinham invadido. Alegava então como escusa da invisibilidade do mafarrico o pesadíssimo sono em que o dito caíra, coitadinho dele, tão fiel e diligente que se revelava, após um serão de fabrico de tintas, ou de lavagem de pincéis.

O artista não desconhecia os desaforos do miúdo, e a diabólica malevolência que os inspirava, fingindo todavia prosseguir nos seus trabalhos, situados muito acima dos acontecimentos vulgares. E aproveitava-se o pequeno dessa duplicidade para reincidir nos maus costumes, e no prazer que deles ia retirando. A partir de certa altura nem o respeito afectuoso que tributava à mãe do mestre, sempre vigilante, e conformada, se bem que tacitamente censória do comportamento do neto adotivo, lograva desviá-lo dos seus torpes intentos. Congeminaria o ganapo assim um espetáculo horrendo, fruto da sua familiaridade com o submundo de Milão, lugar onde fervilhavam insólitas modalidades da espécie humana que apenas de longe a longe ascendiam à superfície. Eram anões desbocados na fala, e corcundas que se deleitavam com a própria nudez, escrofulosas velhas que enfeitavam a cabeleira com penas de ganso, e meninos macrocéfalos que entoavam lenga-lengas, babando-se entre os versos de cada estribilho. Semelhante trupe de monstros, pastoreada pelo orgulhoso catraio, munido de um bordão enorme, em cujo topo espetara a caveira de um bode, percorria a desoras as ruelas da cidade, e ingressava na oficina entre chufas e gritos. Aterrorizada por cortejos quejandos, a vizinhança aferrolhava-se em suas casas, defendida pelas grossas portadas, entregando-se aí a responsos com que se empenhava em exorcizar o Demo, e suplicando a Deus o perdão dos pecados que ameaçavam valer-lhe a condenação eterna. Oculto por um reposteiro de seda da China, e no segredo que tão só com o seu protegido partilhava, o homem punha-se a espiar aquele elenco de aberrações, autor assumido de quanta fantasmagoria ia cochichando ao ouvido do pupilo, e a cuja representação assistia entre dois tragos de vinho doce, e mascando coscorões que uma freira insaciável confeccionava para sua exclusiva degustação. O aprendiz plantava-se no centro da oficina, circundado pela sinistra canalha que, quando não soprava gaitas estridentes, nem batia retumbantes tambores, colaborava com guinchos e gemidos no desconcerto geral. Despontando por fim de uma taça de mandrágoras, o garoto desnudava-se lentamente até ficar todo nu, e de cabeça erguida, a ostentar a maçã de Adão probatória da sua maturidade. E à vista do contraste entre beleza tamanha, intocada pela imperfeição das formas, e a anormalidade das criaturas que emolduravam o mafarrico, e que lhe rendiam preito, enchiam-se de lágrimas os olhos do pintor. No seu quartinho esconso, e embrulhada nos crepes de viúva solitária, Catarina resmoneava uma soturna reza de abismos sem fundo, de permanentes castigos, e de labaredas infernais.

4.

Mas à medida que ia crescendo deixavam de lhe conferir aqueles tratamentos impessoais, de "o rapaz", "o miúdo", "o catraio", "o ganapo", "o garoto", ou "o pimpolho", e chamavam-no pelo nome com que o mestre o rebatizara, "Salai", que significava "diabinho", e em que se reconhecia a sua natureza de "ladrão" e "mentiroso", de "teimoso" e "glutão", conforme o amo o caracterizava. Do mesmo passo adquiria ele o direito de se dirigir ao homem pelo onomástico deste, "Leonardo", muito como se fossem irmãos, e não pai e filho de maneira alguma. Salai ia entretanto cumprindo o seu mais secreto plano, e o mais acalentado. O dinheiro que surripiava aqui e além, ou que lhe advinha das patifarias, e das infâmias, revertia para a construção de um pé-de-meia que não cessava de crescer, e que ele escondia entre a palha da enxerga em que teimava em deitar-se, coberta de serapilheira bem presa por costuras que constantemente fiscalizava, não acontecesse denunciar-se-lhe a manha aos olhos da malta da oficina. De visita à família, sempre que lhe davam tréguas os negócios escuros, ou as múltiplas tarefas para que Leonardo o utilizava, irrompia com grandes ares pelo casinhoto esbarrondado, trazendo presentes para o miserável clã que jamais repudiara, vestido a preceito de sedas e peles, e com a boca aromatizada pelos bolos de anis que às dúzias consumia. A mãe, meio taralhouca depois do ataque que sofrera, e que lhe tornava indistinta a fala, recebia-o com um choro ranhoso na tarimba de farrapos, erguendo as mãos aos Céus numa lamúria de reconhecimento pela vinda do seu dileto, parido em quinto lugar, e no meio de duas meninas nado-mortas. Trabalhavam as irmãs mais velhas nas terras dos outros, e achava-se uma delas deformada pela terceira gravidez sem pai que lograsse designar, o que a pusera de súcia com a soldadesca que descrevia aventuras de campanhas em que infalivelmente figurava um Imperador. Quanto aos rapazes brilhavam eles pela ausência, referindo-se apenas que ganhavam boas maquias, expressas em soldos, mas sem que exatamente se precisasse a arte a que se dedicavam. Questionava-o o progenitor miudamente sobre o que fazia, ou não fazia, ou sobre o que lhe pagava o patrão, percebendo-o dotado de astúcias em que jamais conseguiria comparar-se-lhe. Salai exagerava nas descrições, e nas confidências, aludindo à estátua equestre que Leonardo continuava a esculpir, e que o aprendiz assegurava que viria a ficar maior do que o Colosso de Rodes. E narrava por fim as festas da Corte em que intervinha na intimidade com os Sforza, autorizado a lidar com eles como com gente da sua igualha, quer nos jogos e entremezes, quer nas comezainas e cantorias.

Uma vez apareceria em Oreno, montado num ginete que Leonardo lhe emprestara, assegurado pelo jovem de que não lhe rebentaria com o animal. Salai preparara este com infinitos cuidados, penteando-lhe a crina, entrançando-lhe a cauda, e ajaezando-o com um xairel de veludo negro, bordado a prata, e suscetível de matar de cobiça a moçarada. E enfarpelando-se como esbelto cavaleiro, tabardo de damasco, gibão de cetim, espada à cintura, e calção bem justo, apresentou-se numa manhã de abril, quando os sinos repicavam no início das festividades de San Stefano. O mulherio local acorreu logo a espreitá-lo, e entre escandalizado e admirativo, e a canzoada vadia, pouco afeita a montadas tão nobres, intentava morder os finos artelhos do quadrúpede, saltitantes num trote de elegância suprema. Ao longo de três dias não se falaria de outra coisa, daquele galante que atravessava as ruas, repimpado no cavalo, e a mirar de viés as tabuinhas que se descerravam à sua passagem, e umas em particular, as da casa do cônsul, por detrás das quais sabia esconder-se a única filha dele, Bianca de nome, graciosa mas escurinha de pele. Animado pelo dengoso olhar da rapariga, principiaria aquele boneco a rondá-la a altas horas, confiado na escadinha que não tardaria a descer da sacada, e no fofo leito de penas, rescendente à alfazema do bragal, em que ela haveria de o aguardar, molemente estirada como uma Vênus tranquila, e pronta a conceder-lhe os seus favores. Mas uma surpresa se lhe reservara, e desta nunca mais Salai se esqueceria. Posto à coca por efeito do tradicional aviso do vizinho despeitado, ou desejoso de assistir à discórdia em lar alheio, o cônsul vigiava-lhe as andanças, previamente aferrolhada a leviana num quarto escuro, e de paredes suficientemente grossas para não permitirem que se ouvisse a inevitável gritaria. E na treva da lua nova, quando no dorso do ginete o rapaz se detivera, a fim de receber o convite de que na sua arrogância de galispo não duvidava, escancararam-se de supetão as gelosias, e um enorme vaso de noite despejou-se-lhe em cima ao som tonitruante destas palavras, "Cobre-te desta merda, meu frouxo infame, que te armas em macho, olha que não será para o teu pé a que eu botei ao mundo, e que não quer um anjinho de coro, de cu alçado para o primeiro que chegar, mas sim um homem capaz de nela engendrar os meninos que hão de fazer a alegria do avô, e se não dás de frosques, ponho-te em fanicos que mandarei de presente ao teu pintor para que os desenhe, conforme usa, na sua papelada." Sem tempo para sequer se limpar da imundície, nem para expurgar os preciosos atavios da cavalgadura, Salai desertaria da sua Oreno natal, e tão cedo a ela não se atreveria a voltar.

 O seu regresso à Corte Vecchia, e ao atelier de Leonardo, seria assinalado por um momento fatal na vida de ambos. Divisou o mestre de uma janela a aproximação do pupilo, montado no ginete que lhe emprestara, mas de orelha murcha. E atrás do artista levantava-se o catafalco que ele ordenara que se armasse, e sobre o qual se expunha o caixão aberto em que Catarina jazia, de emaciado rosto, e ao clarão da chama de três libras de velas de cera. O pintor ia seguindo com o olhar as lentas passadas do cavalo, sabendo que em breve magoaria o rapaz com desgosto bem maior do que o que ele mesmo experimentava. E desgrenhar-se-ia Salai de fato ante a morte da que tivera, muito mais do que por avó adotiva, por segunda e definitiva mãe. Tomou as mãos esquálidas da finada entre as suas próprias, firmes então, e senhoras de si, em consequência do hábito do governo da cavalgadura, e alçou os olhos para a cruz que Leonardo mandara implantar à cabeceira do féretro, e para o espelho que ao lado se tapara com um negro panejamento. "O espelho", esclareceria o homem, "orgulha-se de refletir uma rainha, mas fica vazio, quando a rainha sai." E especificou, "Era uma rainha de verdade minha Mãe, e devemos-lhe a homenagem que apenas às mães se rende." Lembrou-se Salai dos ensinamentos que o amo frequentemente lhe transmitia, quando não desesperara ainda de que o aluno desse continuidade à sua arte. "As feições de uma mãe", explicava ele, "não se descortinam como as outras, diáfanas que se mostram na infinita ternura que as sacraliza, e o seu sorriso, prometido à única eternidade a que o amor humanal aspira, dilui-se devagar no tempo, e no espaço, para conformar o voo de uma pomba nos jogos de luz e trevas da nossa recordação." Insistiria no entanto em que a mulher que o trouxera ao mundo se inumasse como a camponesa que sempre fora, vestida com os seus crepes de viúva, repousando num ataúde de pinho, e amortalhada num tecido de boa estopa que custara dez soldos. Colocou o braço sobre o que nas suas dezasseis primaveras, acabadinhas de cumprir, teimava em comportar-se como seu autêntico filho, e ora obediente, ora pródigo, e acompanharam os dois até à igreja o corpo da que tanta vez servira de modelo, posto que mais de memória do que à vista, a Santa Maria, ou a Santa Ana. Antes porém de baixar à tumba o cadáver da que sempre considerara justificação de quanta grandeza o coroaria, mas também de quanta miséria o marcava, Leonardo consentiu em que Salai cortasse uma madeixa dos cabelos brancos. Apartados sobre a testa, e em regra ocultos pelo lenço, despontavam na juventude, e ao fim das tardes de sol, a nimbar a loira cabeça do menino que ela amamentava, num halo perfeito, e impossível de descrever. A grossa maquia que o rapaz ia encafuando nos recessos da enxerga não parava de crescer, adubada pelo produto dos seus lépidos fananços, praticados aqui e além, e a que o meio que frequentava ia oferecendo oportunidade vantajosa. Integrado no elenco que Leonardo mobilizara para as festas da Corte de que os incumbiam, constituído por figurantes mascarados disto, ou daquilo, e menos verdadeiros atores do que elementos decorativos, Salai não perdia ocasião de se exercitar como consumado larápio. Numa justa em casa de messer Galeazzo da San Severino, na qual haveria de aparecer na fantasia de um animal feroz, e a emparceirar como urso com outros que se disfarçavam de lobo, de doninha, de javali, e de raposa, encontrara ele ensejo para se apoderar de uma saqueta que continha nada mais, nada menos, do que duas liras e quatro soldos, e que apanhara, abandonada em cima de certa cama no meio do engenhoso guarda-roupa que o mestre concebera para o efeito. Os todavia proventos que lhe alimentavam o mealheiro não resultavam apenas dos seus furtos, mas também, e porventura muito especialmente, dos favores que ia concedendo, ao colocar o próprio corpo à disposição de tutti quanti. Nessas atividades acederia Salai ao plano mais alto da escala social de Milão, envolvendo-se com quanto aristocrata o requisitasse, quer na base da rigorosa contratação, quer na dos afetos fingidos, para participar em bacanais sem fim. Desnudado das suas fatiotas, excessivamente flamejantes para merecerem o aval do bom gosto da elite, exibia-se ele como Deus o deitara ao mundo, e à mão de semear, nas inúmeras relações em que o utilizavam, quer como agente, quer como joguete, em ribaldarias eróticas de variado teor. Cobriam-no então de grinaldas de flores, atribuindo-lhe o papel de Pã, ou de Diónisos, obrigavam-no a sujar os beiços com vinho licoroso de rara extração, empoavam-no de farinha, de confetes, ou de lantejoulas, e inventavam para ele desempenhos impagáveis. Fechando os olhos a semelhante decadência, e simulando não a promover em troca de qualquer lucro, ou obséquio, o artista afastava-se de cenas quejandas, a meditar sobre a geral condição da humanidade, ou a projetar uma máquina nova, capaz de fazer subir ao empíreo os escolhidos que sobrevivessem a um cataclismo terminal. E se enfrentava Salai com indizível tristeza, não desistia este porém de vender a alma àqueles que mais lhe davam.

 A lourinha que desembestou pela oficina adentro, integrada no mulherio da sua família, a mãe, as três manas, uma prima criança, e a velha negra que lhes servia de criada, era a única da pandilha que não concorria para a horrenda berrata. Tremendo como varas verdes, ou esforçando-se para o efeito, pregava o olhar no chão, parecendo entretida com os próprios pés, muito mimosos, e metidos nas sandálias de tiras douradas. A matriarca foi a primeira a usar da palavra, interrompida por soluços e fungadelas, e levando às faces o lenço que, encharcado em água de rosas, trazia na concha da mão. Advertido pela chinfrineira das fêmeas como por um alerta de fogo, e largando por isso o trabalho em que se ocupava, a lavagem dos moldes para o cavalo de bronze que jamais se alçaria, Salai disparou em direção ao jardinete da casa, impedido como se achava, em consequência do ajuntamento das harpias, de se evadir pela porta dianteira. Saindo da impenetrável sombra a que se acobertara, o mestre avançou até ao sítio onde haviam estacado as recém-chegadas, solene na dignidade que lhe conferia a grande peliça de marta que o agasalhava do frio, e que constituía o presente sumptuoso com que o distinguira Atalante di Manetto Migliorotti, o cantor, grato pela maravilhosa tábua em que fora retratado. A progenitora da rapariga caiu de joelhos diante do pintor, estendeu os braços em atitude de súplica, e bradou, "Justiça, honorável Messer, Simonetta, minha filha, está choquinha como podereis verificar, e exige imediata reparação, que o maldito Caprotti se reconheça como pai do inocentinho porque ninguém ousa brincar com os pergaminhos da nossa gente, Porchetti que somos, e como todos sabem ilustrados, há cinco gerações, pela glória das armas, e pela fidelidade à Santa Madre Igreja." Abeirou-se o homem da jovem grávida, ou presumida de o estar, e que persistia de olhos baixos. Curvando-se então no meio do mais absoluto dos silêncios que impôs que se fizesse, colou o ouvido ao ventre da pequena, e após longo tempo de escuta, e de reflexão, ergueu-se devagar, e declarou com austeridade que intimidaria as mulheres, "A menina está de facto pejada, mas não lhe detecto na barriga o ritmo das batidas do coração que, a ter sido o nascituro engendrado por ele, herdaria com certeza de Salai." Voltou costas às queixosas, e à pobre que nem sequer um ai soltara, e apressou-se rumo ao local onde se sentia seguro de ir encontrar o rapaz. Aparentemente atarefadíssimo, tosquiava este com os dedos um vaso de basílico, não se alcançando todavia deduzir se se propunha arredondá-lo, se apenas impregnar do aroma o polegar e o indicador com que se entregava à operação. À vista do amo porém amochou logo, a oferecer aos golpes do azorrague o tronco que entretanto pusera a nu. Não conseguiria perceber fosse quem fosse, e entre quantos, de espírito oprimido, assistiam a semelhante cena, se era mais abundante o sangue que vertiam as espáduas do castigado, se o choro que corria pelo rosto do carrasco.

5.

A ex-donzela deu à luz um nado-morto, e eis que Salai, havendo indefinidamente prorrogado, e sem pingo de vergonha, a realização das núpcias a que queriam condená-lo, se pôs ao fresco, rumando a novas tropelias. Enchia-se-lhe então a cabeça de uma palavra estranha, "lápis-lazúli", e sonhava com ela, e com quanto lhe surgia conexo. O rapaz principiara a intuir que andavam sedentos daquele pó, tido por afrodisíaco, e capaz de afastar o erro em que tanto labora a humanidade, não apenas os que em Milão se dedicavam à obra alquímica, como também os pintores que, recusando o óleo como substância de trabalho, insistiam no uso do referido produto, proveniente de uma rocha encontrável a Levante. Troca-tintas consumado, e deduzindo do ludíbrio do próximo grande parte do alento que o vitalizava, Salai terminaria por estabelecer trato com uma gentalha inominável, e desembarcada em Veneza, que se difundia pelo norte da Itália, a vender artigos de superlativo exotismo, ou como tal considerados. A rede de contatos em que o moço se ia insinuando, e que baixava até Roma, formava-se de mendigos errantes, a quem ladravam os cães, de estalajadeiros de porta aberta, atentos ao momento azado da borracheira dos hóspedes, e de madres de conventos, piedosas nos costumes, e esmeradas nos bilros, para desembocar na garotada da cidade que em Salai via o acabado modelo do falcatrueiro. E quando não conseguia a pedra moída, ou mesmo em bruto, vinham parar-lhe às mãos artefatos alegadamente oriundos do Vale do Indo, ou do Egito dos faraós, que ele próprio ralava até se reduzirem a um cinza azul. Na sua obsessão negocial, importa dizê-lo porém, o espírito do lucro diluía-se no ímpeto da libido, e não faltava quem garantisse havê-lo surpreendido, de olhar vidrado, e cintilante de concupiscência, a cobrir de beijos um calhauzito extraído da bolsa que trazia apegada ao peito, ou então a provar com a ponta da língua aquela poalha que o estonteava. Fingindo-se alheado de semelhantes práticas e transações, Leonardo obstinava-se na proclamação das vantagens das oleaginosas que persistia em empregar, e que, julgadas mais fluidas, e mais honestas, lhe apareciam como muito mais conformes à Natureza, e bem mais aptas a reproduzi-la. Mas nas suas arengas detectaria qualquer um o empenho que abraçara, e de que não desistia, em arredar o pupilo do que se lhe afigurava um caminho de perdição. Nos dias que se seguiam à recepção de cada remessa do pérfido pigmento, era certo e sabido, Salai resvalava para uma sonolência prolongada, turbadora dos sentidos, e dissolvente da razão. E já nem necessitava de dissipar no vinho os ganhos do seu perverso contrabando, bastando-lhe sonhar com este para que um torpor o tomasse, e o corpo se lhe fosse dolorosamente murchando.

Dentre os restantes aprendizes do pintor o rapaz escolheria aqueles que poderiam coadjuvá-lo na negociata do lápis-lazúli, conferindo-lhes a dignidade de sócios, mas de fato reduzindo-os a meros assalariados, tudo na base de um arremedo de contrato de que resultava ficar ele com a parte de leão. Esses jovens, baptizados pelos milaneses com a alcunha de "Leonardeschi", haviam-se juntado por mui diversas razões do mestre, e ora, o que se tornara bastante raro, por neles reconhecer este talento excepcional, ora simplesmente por lhe darem no goto em virtude da beleza que arvoravam. E se acontecia acabarem por não evoluir como razoáveis artistas, nem por isso deixavam de cirandar pela oficina, umas vezes utilizados como recadeiros, outros como moços de limpeza, quando não conseguiam servir como preparadores de tábuas, telas e tintas. Na categoria dos primeiros incluíam-se Ambrogio de Predis, Giovanni Antonio Boltrafio, e o já citado Marco d'Oggiono, e no núcleo dos segundos apareciam um tal Francesco Galli, a quem chamavam "Il Napoletano", um certo Giovanni Pietro Rizzoli, carinhosamente crismado de "Gianpietrino", e sobretudo um galarós propenso a fantasias inúmeras, Tommaso Giovanni Massini, o qual, e por efeito do seu pendor para a mirabolância, merecia o apodo de "Zoroastro". Dado às artes obscuras, fazia-se seguir onde quer que andasse pela sua comitiva de répteis de variada descrição, na qual figurava uma serpente de quatro patas. E oferecia os seus préstimos a uma clientela de insignes, afeita às operações alquímicas, que integrava entre outros o cardeal português Dom Miguel da Silva, bispo de Viseu. Os trabalhos a que Zoroastro se dedicava, reclamantes de substância de acesso pouco fácil, predispunham-no a recorrer às manigâncias do valdevinos, apegando-se a ele, a fim de obter o precioso lápis-lazúli de que ia abastecendo os seus fregueses, obcecados por secretas decocções de que emergiam maravilhas inquietantes, ou até mesmo diabólicas. Mas tratava-se de um excêntrico, e no mínimo tão volátil como alguns dos ingredientes que traficava, o qual, indiferente ao valor do que calhasse de mercar, e avesso a pragmatismos de poupança, se mostrava sempre concorde em despender quanto Salai requeresse dele, derivando do tesouro dos seus eclesiásticos empregadores, os Rucellai, ou os Ridolfi, autênticas fortunas com que custeava as encomendas. E o encanto do pupilo predileto de Leonardo ditava a mansidão com que Zoroastro satisfazia as exigências, e os caprichos, daquele que sabia de fio a pavio a cartilha de instrumentalização do semelhante, e de quem Milão inteira falava como de um demónio astuciosíssimo, a cujas trapaças ninguém na verdade resistia.

Incumbia-se a si mesmo entretanto de guarnecer a oficina com novos modelos vivos, espécie que principiava a escassear na cidade, ou que se ia reduzindo a um rebotalho que nem sequer cativava os menos exigentes dos artistas. E motivado por uma tal missão, Salai postava-se durante horas diante da própria imagem, a examinar minuciosamente as feições refletidas. Os espelhos de fato não faltavam ali, manipulados pelo mestre nas laboriosas experiências a que se devotava, escondendo-as todavia do mundo na convicção de andar devassando um reino proibido ainda, e que apenas pouco a pouco ia descobrindo os seus segredos. Conforme o que se propalava, quando não conferiam acesso às suavidades que apenas no além da morte se discerniam, os espelhos abriam-se num alçapão por onde os curiosos se despenhavam no Inferno. Ignorando semelhantes interditos, e esclarecido pelos ensinamentos do amo que ria a bom rir de desconchavos tamanhos, Salai obrigava-se a memorizar os traços do rosto em que se reconhecia. E inquietava-se com os sinais de degradação da formusura que o assistira, transformando-se-lhe o espelho de que se servia num daqueles a que chamavam "de fogo", e que Arquimedes, segundo o que Leonardo lhe relatara, tinha utilizado contra os Romanos, aquando do cerco de Siracusa. Parecia-lhe isto castigo adequado à devastação que atraíra para si, mediante o descomando dos desejos, a indisciplina dos costumes, e os excessos de toda a ordem em que incorrera. Saía então à cata de quaisquer outros, mais jovens, e mais aptos a iluminar a oficina com o esplendor que outrora irradiara. Mas considerava sempre os encantos dos que com ele se cruzavam muito abaixo das perfeições com que o Criador o distinguira, ora porque se lhes adivinhava na fronte a precocidade da calvície, ora porque não se lhes alteava o pescoço como um colunelo de mármore, ora enfim porque se lhes denunciava nos quadris o risco de a breve trecho se tornarem adiposos. Na verdade porém o que se recusava a abandonar nessas buscas, empreendidas entre resignação e desespero, era o estatuto que ocupava na alma do homem que o recolhera, e que uma recente juventude, triunfante de súbito, e oferecida a cedências inúmeras, ameaçava abalar. Não raro, e na plena consciência de se iludir, apreçava um miúdo mais vistoso, mas que sabia incapaz de corresponder ao padrão que inculcara em Leonardo, trazia-o à presença deste, e botava-se de atalaia, a estudar de longe as reações que o seu senhor acusava. E ao surpreender nele o fantasma de um sorriso enternecido, ou o brilho de um olhar fascinado, apressava-se a lavar mãos e cara com o elixir de bergamota que se dizia perpetuar a mocidade da pele, recitando em simultâneo uma oração assim, "Contigo me purifico, e afastem-se as nuvens, caiam sobre minha cabeça as bênçãos de Hermes e Afrodite."

Com grande dificuldade logravam os restantes discípulos do mestre afastar Salai de intervir, e conforme à sua qualidade de ajudante, nas obras quase terminadas daquele. Mediocremente dotado, onde quer que pusesse as manápulas acabava por deixar de fato a sua marca, não apenas probatória do magro talento que possuía, mas também do negrume da alma que nele morava. Se insistia em rematar um rosto de Madonna, eis que logo a pincelada se lhe adensava, fazendo despontar um fácies que se diria conhecer de ginjeira quanta sujidade se contém nas paixões humanas. E ao pretender bolear os dedos do Menino, saía-lhe do mísero engenho uma garra rapace, digna de um infante vocacionado para sinistras predações. Se não se manifestava terrífico, ou obsceno mesmo, o resultado do seu esforço, convertia-se em sinal do espírito de prevaricação que o animava, e que se refletia num desnorte do desenho, ou numa garridice da cor, incompatível com o retrato de um qualquer ilustre, ou com a representação de uma cena mística, peças que constituíam o mais substancial das encomendas que chegavam à oficina de Leonardo. Numa certa ocasião, e quase pronta a efígie de determinada dama da Corte, vergôntea de uma família que remontava aos Lombardos, que morrera de parto em plena juventude, e para quem se exigia um visual intocado pela usura da existência, o efeito da intromissão do rapaz mostrar-se-ia desastroso. Pintou ele o semblante da malograda como a carantonha de uma tecedeira de anjos, exímia em deitar abaixo indesejadas gravidezes, e substituiu a flor da alcachofra, emblema da estirpe de que a senhora provinha, e que deveria figurar sustentada numa de suas mãos, por uma corola descomunal, e como que de planta venenosa, mais evocativa de uma alforreca do que de espécie que medrasse na terra. Por baixo de tal monstruosidade, a havendo-o condenado o amo a cinco dias a pão e água, sentou-se a abanar-se Salai por mor de caloraça, e entre as chufas dos companheiros, com o pergaminho de um mapa antigo, isto enquanto se entregava a um jogo de dados, empreendido com um parceiro que ele próprio inventara. E afigurava-se aberrante que horrores assim se desprendessem do punho daquele que fora paradigma da harmonia física, e que muitos consideravam ainda suprassumo da beleza da Itália. Os desaforos da fantasia de Salai, avesso a encarar qualquer canseira com o mínimo de seriedade, não se detinham porém no grosseiro manuseio de pincéis e tintas. A cada passo, e pelo meio das páginas dos seus códices, topava o homem com torpes ilustrações, inspiradas no corpo humano, e não raro reproduzindo um desnudo escanzelado, e provido de escamosas asas como um mafarrico, a entremostrar à transparência de uma túnica de cambraia, ou inclusive sem o menor rebuço, um enorme chanfralho em riste, e capaz de ruborizar o mais devasso. Olhavam-no então com o desconforto do escândalo com que se enfrentam os réprobos, temidos pela absoluta desvergonha, e desprezados pelo trato que entretêm com as abjeções deste mundo.

Quantas e quantas vezes não tomaria Leonardo na sua mão esquerda, canhoto como era, a mão direita de Salai, seu pupilo, guiando-a no contorno de um desenho, ou no acerto de um tom. Igual à águia que inicia no voo a sua cria, e que a si mesma se impõe dosear ternura com austeridade, sabedora de que sem a constante presença daquela o benéfico efeito desta jamais se manifesta, o mestre empenhava-se em sentir entre os seus os dedos do aluno, cedendo primeiro à natural fraqueza, mas logo a disciplinando em obediência ao império silencioso a que não conseguia furtar-se. E deste modo se fechava entre ambos um novo pacto de amor, estabelecido sobre a consciência do amante que do serviço ao amado deriva a sua única e incondicional liberdade. Em consequência da índole extravagante que possuía, e do espírito delapidador que o caracterizava, não só dos limitados dons que lhe assistiam, mas sobretudo dos instrumentos que ia mobilizando para os pôr em prática, o rapaz lançava-se em excessos inadmissíveis. Se se curava de afeiçoar os lábios de uma excelsa cortesã, uma dessas que retinham o direito de se sentar à mesa ducal, pelando uma laranja com as unhas rebrilhantes de óleo de amêndoas doces, o impulso de Salai tendia a representá-los carnudos de incontida sensualidade. E quando se tratava de suspender sobre uma paisagem de montanhas longínquas um inconsútil véu de neblina, logo ele o transformava numa nuvem pardacenta, e ameaçadora de borrasca. Cabia pois ao pintor mitigar-lhe os deletérios ímpetos da juventude, significados na busca do que se afirma intenso em prejuízo do que se mostra ameno, coisa que tão só os gênios desprovidos de idade, sobrepondo-se às contingências do tempo, são capazes de contrariar. E um tal extravio dos sentidos, ou um afogadilho assim da vontade, revelava-se na seleção das cores que o jovem empregava, investindo nesse apetite dos extremos que orienta a conduta dos adolescentes de sempre. Preferia por exemplo o vermelhão ao ocre, e o púrpura ao verdigris, e quanto ao célebre lápis-lazúli apenas os ralhos do artista, elevando a voz na antecipação da fúria a desencadear, alcançavam detê-lo. Obsidiado pelo valor da substância que transacionava, e volvendo-se, conforme ao que amiúde sucede com os traficantes, em seu principal consumidor, não havia ocasião que ele perdesse de fazer uso da decantada matéria. E não fora a firmeza de Leonardo, ordenando que afastassem da vista do desgraçado moço o azul magnetizante a que ele não resistia, rapidamente se despenharia a oficina na bancarrota total.

O voo

1.

E assim a vocação pedagógica de Leonardo, adormecida ao longo das fases em que Salai incorria nas suas ribaldarias, recuperava a energia bastante à continuidade de um relacionamento que disso sobremaneira se alimentava. Instituía então o mestre para o discípulo longas excursões à montanha, destinadas à captura de espécies e imagens que ambos iam arquivando no álbum do coração. E toda uma flora, detalhadamente descrita, entrava no patrimônio mental do rapaz, tocada pela mansuetude daquele homem que, tendo deixado crescer as barbas encanecidas, assumia os sinais da Terra como reflexos da sua identidade. As formações rochosas por exemplo, explicadas com ciência que ao moço se afigurava própria de alguém que lhes houvesse acompanhado a evolução desde a aurora do mundo, convertiam os cenários dessas obras, conhecidas pelo aluno muitos anos após a sua criação, em verdadeiros prolongamentos do labor da Natureza. Andariam entretanto implicados os dois numa representação da Virgem, encomendada por Luis XII, de França, para um favorito seu, Florimond Robertet, e o pintor transferira a sua oficina de regresso a Florença. O diálogo que por conseguinte reencetava com os lugares da sua origem, e da sua mocidade, amenizava-lhe traço e paleta, e nos mesmos termos em que um clima propício torna mais ampla, e mais profunda, a respiração. Ali ficaria a Mãe Santíssima, abraçando o seu Menino com o braço esquerdo, e levantando a mão direita no terror de ver cumprido o desígnio que O rondava. Contemplava Ele de fato uma cruz de ferro, e com tamanha devoção que se lhe adivinhava a implacabilidade do martírio, e da morte, fatalmente pregado a ela. Por detrás deles, Virgem e Filho, descortinava-se a remota massa de penhascos, de geladíssimo azul, e o rio que daí promanava, a rasgar o vale num curso serpentino. Através de tais paisagens, ora efetivas, ora fantasiadas, divagavam artista e pupilo, a percorrer caminhos, atalhos e veredas, em cujas bordas floresciam malmequeres, narcisos e violetas, com que o sábio insistia em coroar a cabeça de ondeados cabelos do que fielmente lhe seguia as passadas.

 O regresso de Leonardo à sua adorada Florença, e a retoma das suas raízes, determinariam no mestre a necessidade de pôr em contato com elas esse rapaz do Norte, com quem partilhava a árvore da vida. E pressentia que, mediante uma tal operação, lograria enxertar Salai numa estirpe comum, a dos naturais de Vinci que lhe haviam dado o ser. Partiram assim para as colinas que tinham enquadrado a infância do pintor, e rumaram à casa onde este viera ao mundo, meio derruída então, e infestada por uma gentalha ociosa que deixara cair no maior dos abandonos vinhedos e olivais, outrora integrantes da propriedade, e que se alimentava dos frutos que o chão espontaneamente produzia, devorados crus, ou secos à solheira, a fim de evitar qualquer esforço agrícola. Aqueles bárbaros aceitaram de mau modo os forasteiros, temendo que se revelassem oficiais de justiça, ou salteadores disfarçados, e persistiram na sesta sem fim, e de papo para o ar. Declinando a sua identidade o homem de longas barbas grisalhas, não exteriorizaram indício de no mínimo o conhecer de nome. Extinto o lume desde havia muito, e atulhado de cinzas, o velho forno do pão denunciava-se fora de toda a serventia, e os gatos que pelas cercarias cirandavam pareciam, de escanzelados que eram, sujeitos a repentinamente esticar de completa inanição. Mas na volta à cidade, e havendo ingressado os dois numa taverna da beira da estrada pulverulenta, algo de tão memorável iria acontecer que seria guardado pelo aprendiz, e para sempre, no fundo do coração. Durante a ceia relatou Leonardo ao seu pupilo a experiência que ali se lhe oferecera décadas antes, ao descortinar na penumbra de um corredor uma certa jovem, ou a criada que agia como alternativa a ela, no ato de mergulhar o seu filhito, ou o dos patrões, numa selha igualzinha àqueloutra com que se costuma representar o primeiro banho de Maria de Nazaré, acabadinha de nascer. A mulher enxugou o menino que ergueu das águas entretanto arrefecidas, transido de frio, e berrando em protestos que de pouco lhe aproveitariam. Deitando-o a seguir num berço de pau, e lançando a mirada de viés, a certificar-se da presença ainda do hóspede, apressar-se-ia a fechar com três ferrolhos a porta da locanda. E aquela cena, logo esquissada pelo artista que a testemunhara, perdera-se entre papéis inúmeros, levada pelos ventos da rosa que os declina, e passando em consequência de olhar para olhar, e de mão para mão. O pequeno porém que saíra do banho achava-se de novo ali, e com o sábio que o vira, e o registara, como se não fossem ambos amantes, nem amigos sequer, mas irmãos que resultassem do ventre da mesma mãe. A propósito desse forno onde nunca mais se cozera o pão, e que constituía uma das lembranças mais ternas que guardava o que nascera nos arredores de Vinci, e no lugar chamado Anchiano, narraria ele o seguinte ao rapaz que o acompanhava. Aquela mãe, Catarina de seu nome, e que com ambos passara os últimos tempos da existência, logo pela manhã ateava o fogo, e o pintor recordava-se de como as labaredas, desprendendo as faúlhas que ao menino que então era se afiguravam entrelinhas de magia, iluminavam os dourados cabelos da que o parira. O pão quente que mais tarde se retirava, e que Catarina partia em pedacinhos que ia dando ao filho, queimavam os deditos deste, de resto mordidos já pelas geadas de dezembro. "Não havia outra delícia na minha vida de criança", confessava ele, "e por muitos anos que dure, e me sente à mesa de duques, ou até de reis, jamais me consolará iguaria de maior perfeição". E dos episódios que a sua mãe lhe relatava, atinentes à infância de Jesus, com essa riqueza de detalhes de que apenas os camponeses são capazes, evolava-se a frescura que misturava num único alimento a terra que Deus nos concede, e o suor com que o homem a fecunda. O artista convocava por isso a atenção de Salai para a circunstância de as tarefas domésticas, engendradas num labirinto de estatutos e segredos, se não distinguirem das lides de que resultam as obras denominadas "de arte". Também aqui, acentuava Leonardo, se transformam os frutos que se nos oferecem aos sentidos, mediante um empenho que, determinado pela inteligência, se exprime sobretudo pelo coração. E assim, concluía ele, se converte o que nos sai das mãos em esplendor idêntico àquele em que refulgia a cabeleira da que levava a cabo uma primordial missão, a de matar a fome da cria que trouxera no ventre. Aproveitando o ensejo para condenar a chacina dos animais, a fim de com ela se prover ao sustento do corpo, explicaria como tudo se poderá tolerar, exceto o sofrimento provado pelo sangue que se derrama. Uma vez tornados a Florença, e como fecho que honrasse a excursão às paisagens da meninice do mestre, dirigiram-se ao mercado dos pássaros, afamado pela variedade, e pelo exotismo, das espécies que nele se transacionavam. Adquiriram quanta gaiola encontraram de criaturas chilreantes, dignas de voar nos bosques e jardins do Paraíso, e libertaram-nas dos cárceres de madeira face ao espanto dos que por lá compravam e vendiam. Irmãos na juventude que apesar da diferença de idades os ligava, fazendo-os cúmplices na fruição das alegrias do mundo, lançaram-se a recitar a uma só voz duas estâncias de Petrarca sob o canto das aves que ascendiam ao céu.

De igual modo Leonardo derivaria dos incidentes da romagem o ensejo de inculcar no discípulo, nunca a seu ver demasiado crescido para beneficiar do ensino que o mestre lhe dispensava, as vantagens da básica poupança, e da alimentação saudável. O dito pão que se cozia na casinha de Anchiano aproveitava-se, quando calhava de sobejar de um dia para o seguinte, confeccionando-se com ele uma pitança substancial, e na aparência truculenta, que atestava a vocação amamentadora de Catarina, a emblemática mãe. Socorrendo-se dos produtos mais ao alcance da mão, ou pedindo-os de empréstimo a alguma das suas vizinhas, a mulher cozinhava uma sopa em que entravam os legumes da horta que ela própria amanhava, a cenoura, a cebola, o aipo, e o alho, e oferecia-a ao menino, em cuja memória a mesma se engastaria, associada ao cheiro do barro da escudela que lhe punham à frente, à toada das cigarras que adensava o calor da tarde, e ao toque da aragem na face à hora a que o sol declinava. Uma tal paleta de cores, e de sabores que lhes correspondiam, gravar-se-ia na retina, e no palato, do rapaz como uma festa de maravilhas, patrocinada pela sacerdotisa que por ali se deslocava, agitando os seus panos de camponesa pobre, a providenciar ao culto de uma deusa sólida e imemorial. E não deixava o homem de sublinhar o fato de se lhe estribar em imagens assim a sua teoria, proclamante das virtudes dos vegetais de toda a descrição. A receita desta potagem jamais constaria porém de qualquer um dos códigos em que o artista arrecadava o seu pensamento, pejados de linhas que se percorriam da direita para a esquerda, e escritas num papel amiúde pontuado por manchas ou nódoas, denunciantes do uso dos simples, ou dos compostos, nos trabalhos alquímicos, e do contato com o sangue, ou com os restantes fluidos, nos cadáveres mais ou menos frescos. Instruía o pintor então o seu Salai sobre a prudência à mesa, aconselhando-lhe à fidelidade aos comestíveis sem alma, o leite, e o arroz, e muito sobremaneira o azeite das colinas do Vale do Arno, com o qual a mãe condimentava a sua sopa, tão aveludada como se torna impossível topar com outra que se lhe equipare, e tão doseada nos seus ingredientes como se se destinasse a untar os dedos de Ariadne para o fabrico do seu fio encantado. Apanhando do chão um dos muitos ouriços, caídos do castanheiro, Leonardo abria-o com delicada cautela, e estendia o que neles se continha a esse jovem que, quando não o afrontava com os seus dislates, o escutava na doçura do silêncio.

Quatro dias passados sobre o regresso a Florença de mestre e discípulo, narrou este o sonho que o visitara na noite seguinte à chegada à nova oficina. Entrava ele, Giacomo Caprotti, a quem o pintor pusera o nome de "Salai", vagaroso como um sonâmbulo, pela Igreja de Santa Croce adentro, chamado pelo imenso clarão que aí se abrira. Encaminhava-se para o altar-mor, e eis que nos degraus do ambão se sentava uma volumosa mulher, mas de rosto suavíssimo, e de pele como que feita de leite e farinha, a sorrir com brandura apesar da imponência dos mantos em que se envolvia, cintilantes de azul minério e verde marinho. E sobre ela pairava um grande milhano, de asas distendidas, e desdobrando em leque a cauda, na suspeita de um augúrio do destino que nunca se formulava. Aproximando-se aos poucos, o olhar do rapaz, habituado enfim a tamanha refulgência, ia distinguindo na aparição as feições de Catarina, a sustentar uma enorme sêmea na mão esquerda, e a empunhar na direita um tosco facalhão. Sem quebra da sua ternura, mas ainda assim austeríssima, a mulher recebia-o como uma juíza implacável, exigindo-lhe que prestasse contas por um ato de que o acusava, e um de que o pobre do aprendiz não retinha a menor das recordações. O milhano botava-se a gritar assustadoramente, cerrando e descerrando o bico à maneira das gigantescas figuras alegóricas que desfilavam nos cortejos de que o artista se incumbia, e que criavam na multidão um sentimento misto de gáudio e horror. Imóvel diante da mátria impassível, assistia o jovem a um ritual de lentos gestos, através dos quais partia ela a sêmea em fatias, e tomava-o o pânico de que o quinhão que viesse a caber-lhe não bastasse para lhe matar a fome. O milhano principiava entretanto a bater as asas, guinchando numa fúria desatada, extinguindo as chamas dos círios distribuídos pelas naves do templo, espalhando pelas lajes as folhas secas de um outono doloroso, e acordando nas tumbas os cadáveres que riam na sua negra magreza de mumificados. De súbito porém tudo se aquietava, e o perfume que se desprendia dos panejamentos da mulher, a sândalo, e a pó, a lírios, e a estrume, invadia o espaço empedernido. Só então distinguia Salai o Crucificado que lá ao fundo se implantava, o qual, erguendo por instantes a desfalecente cabeça, proferia estas palavras inverosímeis, de olhos fixos no moço, mas dirigindo-se à que ali amochava, confortada pela luz, "Mulier, ecce filius tuus".

2.

O minúsculo vulto feminino que descortinaram no outro extremo do corredor, e que evanescentemente caminhava ao encontro de ambos, chegados na véspera à noite, e muito tarde, a Mântua, tocou-os com um pasmo que não dispensava a complacência. Na imensidão do seu palácio aquela mulher, deslocando-se como que ao sabor de um sopro de zéfiro que lhe enfunasse a túnica de cambraia, exprimia pelo donaire dos movimentos o ardente desejo de viver uma ocasião assim. Na viagem para Veneza decidira Leonardo visitar a que muitas vezes mostrara vontade de recorrer aos seus préstimos, e que constantemente andava a pedir-lhe, mediante uma cadeia de interpostas individualidades, uma cena alegórica, destinada ao célebre studiolo, enriquecido pelas obras de um punhado de pintores distintos. E a curiosidade de Salai, excitada como sempre pela perspectiva de entabular relações com os grandes deste mundo, convertera para o mestre o que não passava do cumprimento de uma obrigação enfadonha no ensejo de conseguir um pequeno presente que oferecesse ao discípulo. Entraram pois nos apartamentos privados, de mãos a abanar como soe dizer-se, porque os poucos trabalhos que transportavam, embalados em pilha no carroção que haviam deixado no pátio da hospedaria, se não achavam em condições de ser exibidos diante de quem quer que aparecesse. E a que os recebia encetou de imediato o diálogo por que tanto suspirara, interpelando o artista sobre temas do seu mester, e com a catadupa de frases em que por regra se espraiam os verdadeiros colecionadores, levados pela compulsão da encomenda das peças que lhes faltam, e pela ganância da aquisição respectiva. Ignorando o rapaz que acompanhava o seu ídolo, e porventura arquivando-o na categoria dos interesseiros que cirandam na adjacência dos ilustres, e em particular quando claudicam estes face à beleza do corpo, e à tenebrosidade da alma, Isabella d'Este, Gonzaga pelo casamento, e duquesa de Mântua, nem sequer reparara no rosto dele. E não verificara por isso como se revelava digno de servir de modelo a uma qualquer das figuras mitológicas, Marte ou Apolo, Páris ou Aquiles, que ela gostava de escolher para a decoração das paredes das estâncias onde entretinha os seus amigos letrados. Mas o laconismo de Leonardo, estrategicamente assumido para que dele se distraísse a que o crivava de perguntas que ficavam sem resposta, surtiria por fim algum efeito. Embaraçada com os longos silêncios do homem, Isabella pousou por instantes o olhar na pessoa do jovem, e no exato momento em que este, repetindo um tique a que era atreito nas alturas de ansiedade maior, sacudia a famosa cabeleira de caracóis. E foi quanto bastou para que entre os dois, duquesa e moço, se fechasse um pacto de cooperação, alicerçado nesse estranho afeto que une o ainda adolescente à já amadurecida, e que se salda por uma troca incessante de favores da especialidade de cada qual. A breve trecho daria consigo Isabella d'Este a requerer de Salai opinião sobre o valor de certos vasos muito antigos, ou até sobre os méritos e deméritos de uma pintura de Perugino, isto como se fosse o aprendiz um entendido avalizado, e não o simples factótum do gênio que ela tentava em vão manobrar.

Fascinado pela duquesa de Mântua, e agradecido pelo curto diálogo que com ela entretivera, Salai lançava-se, e já em Veneza com o mestre, na composição de rábulas em que deliciosamente imitava Isabella d'Este, brindando Leonardo assim com aquele divertimento que equivale à confirmação do amor. Tomava um colar de pérolas translúcidas, dessas que denunciam uma funda sensualidade, e entretecia-o nos cabelos, mas de molde a que sobrasse comprimento bastante para rodear com ele, e em duas voltas, o pescoço. E a fita de seda vermelha com que cingia a fronte, apertada em laço sobre a nuca, concorria para a verossimilhança da figura. Colocava então uma sobre a outra as mãos, adelgaçava a voz no arremedo do falsetto em que se expressava Isabella, e fingia discorrer sobre as magnas questões que lhe ocupavam o espírito.

"Querido Mestre", ia murmurando o rapaz, "suplico-vos que vos lembreis do retrato que desenhastes desta que tanto vos respeita, e vos ama, e que morre na impaciência de que a

pinteis a cores, e se tal vos não aprouver como muito apreciaríamos, que nos contemple o vosso talento com uma representação de Cristo na Sua juventude, digamos pelos Seus doze anos, na época em que discutia com os doutores do Templo, e tudo executado com a doçura e encanto de atmosfera que constitui a inexcedível excelência de vossa arte".
E na sua engenhosa impersonalização o discípulo ilustrava de forma caricatural a pessoa da mulher, não apenas no sotaque ligeiramente belfo, e por isso refinado, mas também na elegante moção da cabeça que de tão imperceptível só os muito argutos logravam discernir, e sobretudo no inconsciente gesto dos dedos com que costumava ela ajeitar os tufos da manga sobre o ombro esquerdo. O artista com esta atuação, e de tal modo se lhe imprimia na memória a metamorfose que o moço realizava, transitando da sua formusura de efebo da rua, mas ao fim de contas viril, à elegância da patrícia poderosa, marcada pelos inevitáveis maneirismos da ordem social a que pertencia, que em breve o utilizava como modelo para uma diferente senhora, cuja imagem se incumbira de passar à tela. Tratava-se de uma criatura construída em torno do seu sorriso, e amparando-se neste como nos esteios da própria existência, votada a uma suspeita de eternidade. Dispensando a que viera para posar, e substituindo-a pelo aluno dileto, o pintor convencia-se de que, muito mais do que ela, lhe proporcionava Salai a ínsita natureza da personagem, refletida na pluralidade de sentidos que o mesmo sorriso assumia, ora irônico, ora compadecido, ora calculista, ora indolente, ora lúbrico, ora desafiador, ora pudico, ora pacífico. Mas por de-

trás do rosto do retratado, ali imóvel diante da paisagem de colinas toscanas, percorridas por coleantes estradas, e por regatos que serpenteavam através da vegetação, eram as feições do aprendiz que iam aflorando. Emergindo da neblina no momento de iniciar a sua farsa, celebrava ele a cumplicidade que entre ambos se estabelecia, propondo-se para o futuro como um anjo presente, ou como um oculto mafarrico.

Em outubro de 1503 a Signoria contratava Leonardo para a execução de um fresco ilustrativo da Batalha de Anghiari, com o qual se cobriria uma parede da Sala del Maggior Consiglio no primeiro piso do Palazzo Vecchio, e que ficaria defronte de um outro, representativo da Batalha de Cascina, cuja execução seria entregue a Michelangelo. O pintor veria na encomenda pretexto para ocupar o discípulo, firmando-lhe assim a reputação, e assegurando-lhe o futuro. E o arrojadíssimo projecto que então conceberia, quer no tocante à natureza dos materiais, quer no concernente à técnica do desenho, quer no que enfim respeitava à cena bélica sobre a adequada superfície, empolgaria o artista, e não apenas na sua qualidade de demiurgo, mas também na condição que abraçava de tutor e guia do moço que tomara à sua guarda. Familiar dos magnos silêncios do mestre, Salai atentava na forma como neste evoluíam as conjecturas, e como se viviam as intuições, tudo a cristalizar numa obra que, justificando-se por si mesma, e na imponência do tema abordado, acabaria por esclarecer a missão que Deus confia ao gênio. No refeitório do Mosteiro de Santa Maria Novella, vulgarmente denominado Casa del Papa, iniciaria o eterno aprendiz um ciclo de aventuras exaltantes, e aptas a fazê-lo transitar ao plano onde não cabe a magicação de novas patifarias. Transferia-se entretanto para aí quanto se mostrava imprescindível à fase preparatória do grandioso cometimento, plataformas e escadas, pilhas de cartão, cera e esponjas, chumbo branco, gesso e teribentina, e até o andaime provido de rodas que iria permitir a deslocação do ilustre contratado, de um lado para o outro da área imensa de pintura. O rapaz acolheria a empresa, e a despeito da sensatez que o amo desde logo lhe recomendara, como oportunidade de festejos que o salvassem do tédio em que a existência lhe decorria. Atribuindo-se o estatuto de capataz do homem, espraiar-se-ia numa sucessão de ordens e contra-ordens, destacando-se dos obreiros comuns pelo direito que se arrogava de às refeições se sentar à direita do que o protegia. E a toda a hora andaria a requerer dos pobres assalariados os serviços que considerava essenciais ao trabalho permanentemente adiado, e que consistiam em que lhe achegassem o copo de água fresca que o dessedentasse, a toalha limpa para lhe enxugar o suor do rosto, ou os habituais rebuçados de anis que declarava coadjuvantes da inspiração, mas que lhe apodreciam os dentes. De longe Leonardo observaria o arreganho com que o jovem se comportava, e sorriria com a brandura de quem sabe que a cada um de nós competem tanto as virtudes como os defeitos, e que do uso daquilo que nos caracteriza, bom ou mau, é que nasce a maravilha do ser proteico que configuramos.

O céu de Florença, caprichoso até nos meses de verão, carregou-se de nuvens mais densas do que as que se acastelavam atrás das cruzes do Gólgota, e à terceira hora do mais infausto dos dias que a Humanidade conheceu. E o vento que de imediato se levantou, pondo a tanger a finados o sino da torre da Signoria, desprendeu uma chuva negra como piche, e como não constava da memória dos mais velhos habitantes da cidade. Irrompendo pela Sala del Maggior Consiglio onde o artista, e o seu pessoal, se propunham iniciar os trabalhos da passagem à parede do desenho do cartão da *Batalha de Anghiari*, a ventania desembestada derrubou um jarro de água, reduzindo-o a cacos, e enfunou o mesmo cartão, despedaçando-o como papel de arroz. No trecho que apenas se começara a pintar as tintas de óleo de linhaça, adquiridas na loja de um tal Francesco Nuti, e porventura adulteradas, principiaram a escorrer lentamente pelo reboco, deixando atônito Tommaso di Giovanni, o Zoroastro, que por baixo moía as cores, e que assim ficou, e num ápice, com a blusa esparrinhada de vermelho, de púrpura, e de azul, a tremer como um indigente. A despeito dos braseiros flamejantes que trouxeram numa pressa, e que aproximavam do fresco para que as labaredas o lambessem quase, os pigmentos continuavam a diluir-se, descendo em lágrimas que irradiavam em delta. E Salai cirandava de banda para banda, desnorteado perante o desastre, e incapaz de achar serventia para as mãos com que se descabelava. Obedecendo à lógica da própria escrita do pintor, a fixação das imagens desenvolvera-se da direita para a esquerda, e o que se desfocava, e em seguida se esvaía, era a cauda de um cavalo, e a ponta de uma túnica, agitadas no ardor da refrega. Impassível no lugar que escolhera para de longe dirigir as operações de decalque e coloração, Leonardo petrificava-se numa sinistra calma, insinuando na pequena multidão de artífices a certeza de que tão só aguardava o que se profetizara desde o nascimento do mundo. Nem um músculo se lhe crispava no rosto, nem uma gota de transpiração lhe perlava a fronte, nem um suspiro se lhe escapava dos lábios comprimidos. E a partir de determinado instante, aquele em que as raras figuras identificáveis perdiam por inteiro os contornos, largando em sua substituição um nevoeiro sombrio, e impenetrado por qualquer fulgor, o homem mirava o seu fracasso com quase deleitado desvanecimento. Ordenou então que arrecadassem os materiais mais valiosos, e mais delicados, que cobrissem com uma mortalha de linho o aborto da *Batalha de Anghiari*, e foi caminhado devagar para a saída da estância de pesadelo. Ao achegar-se a ele o rapaz da sua vida, movido pela intenção de o amparar na marcha, o mestre afastou-o com suavidade, acariciou-lhe a face, e segredou-lhe ao ouvido, "Voltaremos amanhã, meu Filho, vai agora descansar."

Em conformidade com a sua índole violenta, e tendendo como os que a possuem a afogar no excesso o infortúnio que lhe saltasse ao caminho, Salai trocou o repouso que Leonardo lhe aconselhava por uma incursão destemperada à noite florentina. Foi por isso bater à porta de quanto prostíbulo conhecia, entrando naqueles que lhe franqueavam o ingresso, e que fingiam esquecer assim a vocação de desordem que morava no rapaz. Onde quer que pudesse sentar-se a uma mesa de pão, de vinho e enchidos, comendo e bebendo até se empanturrar, ia-se ele demorando, mergulhado em silenciosa cisma, e a observar com desconfiança a clientela presente. Percebendo-o de maus fígados, e pronto a erguer-se a qualquer instante, quebrando a louça que avistasse à sua frente, e pontapeando os arcazes em que tropeçasse, as raparigas refugiavam-se por detrás dos reposteiros, e bisbilhotavam entre si, indiferentes ao olhar langoroso dos fregueses que dessa maneira sinalizavam o desejo de as levar para a cama. Às tantas da madrugada, e no meio de um coro de gritos e cantorias, um magote de bebedolas, apajando um aristocrata de muita arrogância, arribou a um dos mais reles bordéis da Via dei Malcontenti, e justamente àquele onde Salai se encontrava. Trazia aquele ao colo uma doninha encantadora, a qual a espaços ia alimentando com pedacinhos de biscoito que retirava da algibeira. E ou porque adivinhasse o bicho um desafio na mirada que o jovem lhe dirigia, ou porque pressentisse a animosidade com que o discípulo do gênio encarara o que o transportava nos braços, luziram-lhe as pupilas numa fúria selvagem, e distenderam-se-lhe as garras na pulsão do ataque. Mas como o que tomara por seu inimigo se achava demasiado longe, o animal cravou os dentes afiados na mão do próprio dono, o qual, soltando um berro de dor, o arremessou pelos ares. E o resto foi a mais extraordinária das confusões, os circunstantes tentando capturar a fera que se lhes escapulia dos dedos, as meninas guinchando de pânico, e o nobre proprietário da besta apertando a garganta do moço que considerava responsável pelo ferimento na sua carne, e no seu pundonor. A muito custo conseguiram libertar Salai da cólera desenfreada do cavalheiro, mas não sem que no processo se desfizesse em estilhaços uma ânfora de vidro que a patroa da casa tinha em grande estimação. E seriam os apaniguados do ofendido quem terminaria por pôr o mancebo no olho da rua, empurrando-lhe o cu com a biqueira da bota, e crivando-o de insultos como chulo, fanchona e porcalhão. A chuva torrencial que desta feita o acolheu, e que desde a fatídica manhã não deixara de cair, formava poças no chão onde o pobre enfiava os pés de borzeguins esburacados. E ao alcançar os aposentos que a Signoria colocara ao dispor do artista, esgueirou-se para a câmara deste, e foi dar com ele, dobrado sobre si mesmo, e nessa posição fetal que tão bem calha aos sedentos de amor, aos órfãos, e aos melancólicos. Aconchegando-se ao homem, e a tiritar de frio, o eterno aprendiz murmuraria estas palavras foscas sem a certeza de ser ouvido, "Não estejas triste, querido Mestre, amanhã não choverá."

3.

E o céu de Florença amanheceria de fato azul, atravessado por pombas que, vindas das cúpulas do Duomo, do Campanile, e de Santa Croce, se agregavam em bando que voltejava sobre a cidade, única nuvem que aqui e além a ensombrava. Aquele estertor de asas despertou-os, a Leonardo e Salai, no quartinho exíguo, proporcionado pelos monges servitas, incumbidos pela Signoria de os alojar nas traseiras da sua Igreja da Santissima Annunziata. Os tempos que por então se viviam no burgo do Arno, percorrido a altas horas por legiões de flagelantes, escoltadas por clérigos de tochas acesas, e que lamuriavam uma litania de remorso e contrição, faziam da presença do pintor e seu rapaz um risco permanente para os religiosos que lhes davam guarida. A ossuda máscara de um Savonarola vociferante e castigador, idêntica à de um cadáver meio decomposto, e exumado em aroma de santidade, pairava sobre Florença nas noites em que lua nenhuma se refletia no rio. Despojaram-se os dois daquele sarilho de mantas, resultante do sono agitado que os tomara, e saíram assim mesmo, nus e desgrenhados, para o pequeno roseiral que o mestre cultivava diante dos aposentos cedidos por empréstimo, e com o qual buscava uma alternativa à hortazinha de Milão, anexa à antiga oficina. Estendendo o braço por sobre os ombros do discípulo, e aproximando-o de si, o artista aquietou-se como que na expectativa de um milagre. E logo o bando, arrebatado pela missão que Deus lhe confiara de anunciar uma verdade suprema, lhes passou por cima das cabeças. Dir-se-ia tornar-se mais vagaroso o voo das pombas, a fim de que se decifrasse o segredo que traziam, e foi então que Leonardo se lançou a falar numa surdina que se harmonizava com as cadências da Natureza em paz, folha que o vento agitasse, regatinho que corresse sobre os seixos, ou labareda que crepitasse no lar. "Considera as pombas", dizia ele, "não se poderá afirmar que não tecem, nem fiam, como os lírios do campo, mas que apenas descem cá abaixo para colher o alimento, ou se entregar ao ato reprodutor." E prosseguia, "Logo que o contato com a terra lhes pesa, ei-las que sobem às alturas aonde não chegam os incêndios, nem os sismos, nem as guerras, nem as cheias, nem o putrefato hálito da peste." E explicava, "Considera como o voo aspira ao Absoluto, não por acaso representado por uma pomba branca, a que pairou sobre Jesus no momento de ser baptizado com as águas do Jordão." E fitando Salai bem nos olhos, concluiu com estas palavras, "Voemos pois, meu Filho, que nos importa a derrota na *Batalha de Anghiari?*"

Para quem venceu já a cegueira, e entendeu que o voo não constitui exclusivo atributo das aves, o exame do próprio corpo situa-se no limiar da ascensão aos céus. Prendado desde a nascença com aqueles olhos de bruma, de quando em quando faiscantes num relâmpago de tempestade, Leonardo caberia levar bem longe isso que, mais do que pura convicção, representava uma certeza para todo o gênero humano. A simetria da imagem do animal que somos, e que apenas se deduz da matura reflexão, apontava-lhe um destino inacabado, o dos que não conduzem até ao fim a sua missão de existir. Vezes sem conta atraíra ele o rapaz às páginas dos seus códigos, designando-lhe em silêncio a estrutura das asas, e a textura das penas, como quem ensina um alfabeto desprezado pela indolência. E a auscultação do canto das aves, tão agarotadamente imitado por Salai que a tal acrescentava uma pantomima faceta, de pulos, gritos alados, e laboriosíssimos rituais de acasalamento, convertia a oficina num sucedâneo das gaiolas de diversa passarada, compradas pelo mestre no mercado, a fim de pôr em liberdade as pobres criaturas. Por anos e anos andara ele a experimentar a resistência de múltiplos materiais, o couro em graus diferentes de curtimento, as hastes de ferro delgado, e as cordas tecidas de fios de seda, tudo na intenção de construir um mecanismo completo, e tão só desamparado pelo espírito dos pássaros. Das suas jornadas de vasculho pelos adeleiros das bandas de Santa Felicità, dos quais extraía em muito mais quantidade aquilo que sondava do que aquilo que adquiria a dinheiro, Salai trazia uma pletora de curiosos achados, plumas de faisão e arara, abanicos de desvairada conformação, clépsidras e bússolas, e mais quanto julgasse de proveito ao invento que tendia a eternizar-se no fabrico, mas que esperavam fazer triunfar um dia. Não se ficava no entanto por aqui o concurso do jovem para o engenho volante, encarado por ambos como um mecanismo redentor dos seres que, mercê da mera degustação de um fruto, se tinham visto condenados a tragar o pó. E chegando-lhe aos ouvidos a fama de uma monja da Maremma que conversava com os anjos, alcançando-se até eles por entre rolos de incenso e nuvens de ouro, botou-se a caminho, no intuito de desvendar o segredo da mística. Foi dar a um remoto convento de clausura, guardado por freiras que bichanavam entre si, e que acolhiam os frequentes visitantes, em geral enfermos das entranhas, leprosos nas últimas, ou estropiados de feitios indescritíveis, a quem para assistirem aos transes cobravam elas um saquinho de moedas, um frango, ou em casos desesperados um punhado de azedas. Verificou que a santa se quedava muito pálida, e com uma cachoeira de suor que lhe descia da fronte coroada por rosas vermelhas e brancas. E a determinada altura percebeu que soltava ela um ai enorme, inclinando-se para trás, e como que curvada num arco, a despeito de se encontrar de joelhos, subindo logo depois, e na mesma e ingrata atitude, a cerca de um palmo do chão. "Se isto é voar", comentou o moço com uma risadinha à orelha do homem que se lhe plantava ao lado, um açougueiro de boca aberta, "se isto é voar", repetiu ele, e concluiu, "melhor seria que a irmã houvesse ficado na quentura da cama."

A geringonça final, algo tosca, quando observada de lado, ou de baixo para cima, alcançava a sua plena grandeza, se descortinada de um ponto mais alto. Indecisas entre as de uma ave de presa e as de um inseto gigantesco, as asas confeririam-lhe uma óbvia aparência, e menos de uma extensão artificial do corpo humano, ou de um novo veículo que o servisse, do que de um conjunto de órgãos para uma sua função, esquecida por milénios e milénios. E a pequena cabine, situada sob a seção do engenho que *grosso modo* correspondia à quilha do pássaro, continha duas tábuas de comprimento e largura de um indivíduo de compleição normal, destinadas aos tripulantes. Aí deitados de bruços, e de maneira a articularem entre si o movimento das mãos, necessário à descolagem, mestre e discípulo ocupariam os respectivos níveis, Leonardo o superior, e Salai o inferior. E numa espaçosa anfractuosidade do monte conhecido por "Il Gran Cecero", não muito distante de Fiesole, aquele aparelho, trazido até ali ao longo de uma noite de azáfama, e sobre uma plataforma rolante, tirada por seis juntas de bois, atraíra já às primeiras horas do dia uma multidão de curiosos. A neblina da manhã, ocultando o vale, dissipava-se gradualmente em farrapos, e ia oferecendo à vista dos circunstantes o contraste entre o verde dos campos e o azul do céu. Ao surgirem artista e rapaz, os quais até então se haviam empenhado em furtar-se ao escrutínio de tal gente, escondendo-se em seu seio, e fingindo idêntico interesse, fez-se um silêncio de pasmo e expectativa, mas de imediato rebentaram aclamações e dichotes, e aplausos afetuosos, ou zombeteiros. Nem sequer faltaria quem deles se abeirasse, a presenteá-los com o descomunal canjirão de vinho, suscetível de os dessedentar por semanas e semanas, ou com o queijo monstruoso, capaz de matar a fome a um inteiro regimento. Alojaram-se nos lugares que lhes competiam, o pintor no mais elevado, e o moço no que se lhe subpunha, e houve uma trepidação como se a ventania em crescendo protestasse contra a arrogância de semelhante cometimento. Logo a máquina porém deslizou em linha reta, alçando-se depois aos ares onde as derradeiras mechas de névoa se esgaçavam. Erguendo a voz estentoriamente, a fim de sufocar a fúria de Bóreas e Euro, de Noto e Zéfiro, e apelando muito mais à gratificação e orgulho do jovem do que à satisfação da sua vaidade, o gênio festejou assim a magna proeza, "Cá vamos, meu Filho, porque nada existe de mais digno das estrelas do que o amor de quem o sente como nós." E quase sem transição, interrompendo os gritos do júbilo infantil do companheiro, ao descreverem um semicírculo sobre o abismo, chamou a atenção dele com estas palavras, "Olha lá ao fundo, repara bem, como são tristes, e como são inúteis, os despojos da *Batalha de Anghiari*!"

Ultrapassada a primeira euforia, o voo transformou-se em pretexto a que o mestre brindasse o discípulo com a mais sublime das lições. Debruçado sobre a Toscana imensa como um sábio sobre os seus livros, ou sobre as suas lentes, e observando a apaixonante realidade do mundo, lançou-se a explicar aquela paisagem de espessuras e transparências, estendida em prados que a neblina velava, em cursos de água que serpenteavam por entre os olivais, e em penhascos onde as águias construíam os ninhos. Os esparsos bosques adormeciam na luz do outono, uma ponte minúscula galgava um rio, e os caminhos de pó divergiam numa rede de sentidos. Semelhante contemplação proporcionaria a Leonardo um discurso que, proferido como que em transe, na verdade não visava qualquer destinatário. "Eis que tudo de repente se convulsiona na horrenda tempestade", ia ele bradando, arrebatado por um sermão profético, impossível de reprimir, "e os relâmpagos riscam como giz o firmamento, cegando-nos para a rota que escolhemos, e os trovões ressoam de lés a lés, sacudindo o passaroco em que navegamos, e a ventania levanta-se das trevas, a revolver as águas que se erguem numa coluna de nuvens, e bufa em todas as direcções a areia das margens do Arno, e rolam os calhaus soltos, tombam as árvores desenraizadas, e invade a enxurrada o chão dos homens, e dos bichos, e tangem desvairados os sinos das aldeias, e eis que de súbito o silêncio reina." Contrariando esta visão de pesadelo, o aparelho planava sempre, e manter-se-ia na quase imobilidade até ao pôr do sol. Baixou enfim sobre uma clareira, afugentando à sua vista um pastor, e o rebanho que apascentava, e ali ficou sem que atinassem os tripulantes na dimensão em que se situavam, se na da terra, se na do ar. Saltaram da maquineta, mas não sem trazerem o canjirão de vinho, e o queijo desmesurado. E logo, sentados na fresca erva, e entre a urze roxa, comeram e beberam devagar. Uma vez terminado o festim, o pintor acercou-se da fogueira ainda acesa, e abandonada pelo que se escapulira com as suas ovelhas, desentranhou do lume uma acha flamejante, e foi incendiar com ela o engenho em que haviam derrotado o velho Ícaro. E enquanto se reduzia a cinzas a criatura anômala, desprovida de coração, e diabólica por isso, botou-se o que a gerara a remoer estas frases, "Dirão um dia que não conseguimos, mas cada voo a si mesmo se inventa, e nenhum se repete, partamos pois, meu Filho, para outra viagem, não há bússola que nos comande, nem universo que nos detenha."

Ao regressarem a Milão, chamados por Charles d'Amboise, prudente administrador da cidade em nome de Luis XII, de França, voltariam costas a uma Florença desejosa do fracasso dos seus filhos, e da punição a que os submeteria. Mas assenta ao gênio como uma luva o papel de mártir dos próprios sonhos, isto sobretudo quando o enriquece a censória bisbilhotice da vida privada. E o orgulho de Salai na magnificência do pintor, espevitando a raiva dos que os sentiam iluminados pela chama da transgressão, alimentava entretanto o espírito vindicativo do homem que sabia que tudo esperavam dele, excetuado o comportamento normal. Entregue à embriaguez dos seus festejos, Milão oferecia-lhes o estímulo da frivolidade, sem o qual não há talento que medre. E Leonardo rendia-se às encomendas de Charles d'Amboise, divertindo-se a rabiscar intermináveis jardins, adequados ao recreio dos habitantes do Olimpo, nas folhas volantes do seu costume. Naquela hortazinha que lhe devolviam ocuparia ele portanto manhãs e tardes na concepção de parques de laranjeiras e limoeiros, a alternar com talhões de flores de toda a variedade, e marginando áleas que atravessavam pórticos, ou que desembocavam em loggias, quando não acediam a uma taça de pórfiro, ou a um espelho-de-água, povoado por peixes de diversas cores. Atento aos desenhos do amo, o rapaz não perdia de vista os quartos de papel que o mesmo esquecia aqui e acolá, e apressava-se a enfiá-los na pasta em que transportava as resmas de que o artista ia necessitando. Vendia-as depois a bom preço a um comerciante metido a nababo, e que jurava haver de mandar construir nos arrabaldes um paraíso assim, menos pelo prazer da sua fruição do que pela pura ânsia de que o invejassem. Se acontecia de se cruzarem com um grande, e quer se tratasse do já referido responsável pelo ducado, quer do seu vice-chanceler, um tal Geoffroi Carles, eis que o moço que agia como factótum, consciente de poder contar sempre com a provocatória benevolência do mestre, se adiantava a responder às perguntas que dirigiam a este, ou se servia à mesa do que calhava de lhe apresentarem com o à vontade do dono da casa. E não raro o incitava o homem a descrever com boa soma de pormenores um camafeu romano que acabavam de adquirir, ou o gaiolão que projetavam para albergar a passarada que provinha de inúmeras latitudes. Tão notória como se fazia na cidade a pessoa do jovem, amiúde o confundiam com o que o protegia, impetrando dele o favor de um retratinho, isto na presença de um Leonardo tido por um pobre subalterno que escutava a conversa alheia, e que inocentemente sorria.

4.

Uma tarde, e seguindo o mestre, entrou pelo atelier adentro, carreando uma caixa de madeira, das que se usavam para mostruário de pedras preciosas, um sujeito que se comportava como quem se sentisse absolutamente seguro do chão que pisava. Apresentava a alvura de pele dos que se defendem do sol, e se entregam a alguma dessas atividades de gabinete, o folheio de um álbum de líquenes, ou a consulta de um catálogo de borboletas, características de quem não precisa de labutar. O recém-chegado abriu por fim o cofre, revelando o que nele se continha, várias espécies de mármore que Salai viria a deduzir destinar-se a uma pérgola esplêndida, e adornada com as esculturas das nove musas, a edificar nos fundos do jardinete secreto do Senhor d'Amboise. Só nessa altura, e reparando no tique que obrigava o desconhecido a contrair de quando em quando o lábio superior, o identificaria o rapaz. Ali se plantava, e à sua frente, o fidalgote da doninha encantadora, precisamente aquele que desencadeara a famosa balbúrdia na casa de putas de Florença. "Francesco Melzi", anunciou Leonardo, inserindo na pronúncia do nome do que o acompanhava a indizível expressão de reverência com que se articula o onomástico de uma notabilidade. E sem mais detença lançou-se o designado Melzi a dissertar sobre qualidades e defeitos dos calhaus à vista, socorrendo-se do assertivo rigor de quem jamais se tivesse dedicado a outra coisa que não fosse a pesquisa de quanto aos mármores aconteça de respeitar. O moço assistia de braços cruzados, e de cerrado sobrecenho, a essa oração de sapiência, fechando a espaços, e beatificamente, os olhos, como que a deixar-se penetrar por tão ingente sabedoria infusa. Ao cabo da preleção, e no instante exato em que o pernóstico aristocrata colocava o ponto final, o aprendiz juntou as mãos na mais compungida unção que imaginar se possa, e respondeu com um "amen" sonoro, e digno da proficiência de um acólito. Mas logo o pintor, muito vigilante, atalharia com esta doutrinação, "De qualquer modo Francesco ficará conosco, não lhe minguam predicados difíceis de se achar, e promete meter na ordem os meus papéis que andam pelas ruas da amargura." E havendo enrubescido o moço diante do recado com evidente destinatário, o amo submetê-lo-ia por completo, determinando com a antiga autoridade, puída entretanto pelo convívio no ofício, e no lazer, e despertada pela persistente partilha da cama, "Vais agora varrer o pátio, meu Menino, tão sujo que está de aparas de barro." As lágrimas que então deslizaram pelas faces do jovem, e que este se esforçava por ocultar do intruso, apressando-se a anuir ao comando do artista, sustentavam-se de tudo quanto no passado de ambos se entretecia, encontros e desencontros, dádivas e traições, acessos de fúria, e cenas de ciúmes, e até a bofetada que uma vez, exasperado por não conseguir a gradação de verde-mar que pretendia, Leonardo lhe aplicara. Tomou Salai a vassoura, inclinando a cerviz, e enquanto ia limpando as lajes botou-se a contar os trabalhos, e além destes os dias, que dividira até ao momento com o homem que o afrontara. Isento dos pruridos da falsa higiene, e do respeito humano, Francesco Melzi, representante da nobreza média, distinguia-se assim dos de rasa extração. Fosse o que fosse que dele reclamassem, lavar os pés de um doente acamado, remover o vômito de um oportuno bêbedo, ou limpar o cu de uma velhinha entrevada, a sua vocação de serviço adiantá-lo-ia no concito de Leonardo como providencial colaborador. E o grande artista, em cuja existência Melzi ingressava, devotava-se então, e com obsessiva gana, a dissecar os cadáveres que o Ospedale di Santa Maria Nuova lhe fornecia. Gastar-se-iam nisto os primeiros meses do trato do aristocrata com o pintor, febrilmente ativos nos subterrâneos a que os corpos iam descendo, e alumiados por uma teoria de velas que conferia ao vermelho do sangue, e ao verde da bílis, as suas mais ricas tonalidades. O anatomista destapava a caixa craniana, e logo o cérebro, inundado por uma indefinível vaza, oferecia à vista de ambos segredos por inteiro indecifráveis. Não raramente, e a altas horas da madrugada, corriam-lhes por cima dos sapatos ratazanas grossas, saídas dos esgotos de inverno onde a fome as desvairava. E obedecendo às indicações do que procedia à autópsia, Francesco Melzi palpava e cheirava, pesava e media, um coração, ou um estômago, quando não encafuava num tórax fendido, ou num escancarado abdômen, e em busca de uma laringe, ou de um rim, a mão munida do certeiro escalpelo. Às ocultas da vizinhança, e do próprio Salai, sempre temente dos anátemas do papa, ou dos castigos de Deus, traziam eles para o cubículo onde se guardavam as tulhas do sal do fumeiro, e aproveitando-as como câmaras de conservação, um braço, uma perna, ou um útero com o seu feto. O fidalgo enxugava os dedos em toalhas de linho que se sucediam na ânsia de uma impossível imaculidade, sem conseguir porém retirar da meia-lua das unhas as marcas dos líquidos vitais. E registava nas suas laudas os trâmites da operação, utilizando termos e expressões que ao cabo de algum tempo se repetiam na sua banalidade, "artérias secas", "fígado da coloração e substância do farelo", "pele da consistência das castanhas mirradas", "confluência dos sentidos", ou "vulva folheada". Exausto enfim de tais tarefas, Melzi demorava-se o bastante ainda a acondicionar as vísceras colhidas, a compor o melhor possível as esbarrondadas carcaças, e a promover o asseio da mesa de mármore onde haviam trabalhado.

    O manuseio dos códigos, empreendido por Francesco Melzi com o beneplácito do artista que em breve se transformaria em incitamento, acabaria por significar para o novel discípulo razão absoluta de viver. Dotado de memória inusual, e tão estribada na visualidade das páginas como na sonoridade das frases que nestas se desenvolviam, o jovem aristocrata abraçava um estatuto de guarda-livros que não tinha por incompatível com a sua posição social. E Salai surpreendê-lo-ia, remexendo com toda a segurança nos mesmos volumes em que o homem lhe não permitia que tocasse, e que apenas descerrava para o rapaz, a fim de lhe ler uma ou outra passagem. Recitava-lhe então os fragmentos entendíveis, e tal e qual como se faz com a criança que se senta nos joelhos, mas a quem terminantemente se proíbe que sequer roce os dedinhos no papel carregado de escritos e desenhos, não vá ele conspurcar-se com uma nódoa de gordura, ou com um risco de fuligem. A má vontade contra o adventício que assim, e crescentemente, lhe ia roubando a complacência do mestre, devastava o coração do moço, igual às convulsas cenas do Dilúvio, gravadas por aquele nos infólios que o intruso compulsava. Só Melzi conseguia orientar-se no imenso labirinto, constituído por apontamentos sobre apontamentos, a visar uma verdade definitiva que nunca se formulava, mas de que o recém-chegado se diria acercar-se mais e mais. E no desconforme tecido de dúvidas e clarividências, de singularidades e repetições, e de intricados círculos viciosos, o olhar do aluno que se integrara no pequeno agregado do pintor, como que conduzido por uma sabedoria oculta, lograva obter algum efêmero sentido, ou uma aproximativa coerência geral. Alcunhado com descarada troça de "Il Bellisimo Fanciullo", etiqueta com que se aludia à tonalidade da relação que entre ele e Leonardo se firmava, mostrar-se-ia Francesco Melzi indiferente ao sofrimento do que o precedera nos favores do dono da oficina. E não tardaria a que nem o autor de tais matérias, debitadas em caligrafia que como que registava o fundo movimento das ondas cerebrais, se sentisse apartado delas. Impante sobre o arquivo de que se arvoraria em único zelador, o que saíra do gigantesco casarão de Vaprio, através do qual se garantia vaguearem entidades espectrais, ia aprendendo a papaguear de cor o número que cabia a cada lauda, e o teor que respeitava a cada linha.

Um dia, impotentes para se sobrepor às respectivas fragilidades, Salai ao seu excesso, e Melzi à sua contenção, engalfinharam-se um no outro, e na margem do Adda. O rio que diante deles ia correndo, e por cujo incerto caudal Leonardo se enamorara, parecia exigir-lhes esse tal ajuste de contas, sem o qual não há amizade que medre, nem paz que se assine. Deu-se o caso de sair como de costume até às águas, e no intuito de proceder à barrela das roupas do casarão, um rancho de criadinhas nos ardores da juventude. Cocou-as o rapaz de uma das janelas altas, das achegadas ao telhado, e que pertencia ao quarto onde o albergavam, um cubículo escuro, e de parco arejamento. Menos pelo desejo de carne fresca do que pela ânsia de nova tropelia, desceu ele as dezenas e dezenas de degraus, e transpondo uma porta lateral, abeirou-se das que andavam na faina da lavagem, excitadas entre dichotes e cantorias. As ganapas acolheram-no na jubilosa estúrdia, não carecida do seu toque de brejeirice, com que a mocidade aglomerada festeja os de idade próxima, mas de sexo oposto. Despejou o aprendiz a caterva de graçolas do seu repertório, e uma vez exaurido este, suficientemente acalentado pelas boas-vindas que lhe dispensavam, atreveu-se a algo mais. Fazendo avançar ambas as mãos para os traseiros de duas das pequenas que lado a lado se ajoelhavam, a bater com os lençóis numa laje polida, apertou-lhes as nádegas como se quisesse comê-las. E o dislate provocou da parte das pobres um sem-fim de gritos, seguidos de uma chusma de impropérios, fosse porque realmente as pungia o atentado à sua honra, fosse porque admiravelmente o simulavam. Francesco Melzi passava pelo local, a calçar as luvas de que nunca prescindia, e nem sequer nas suas deambulações matinais. Assumindo então o desconchavo como uma afronta à dignidade da sua tribo, de cujo acervo o pessoal doméstico não se destacava, descalçou logo as ditas luvas, com vista a sentir-se mais liberto para a acção. E foi espetar nas ventas daquele díscolo, armado em conquistador, isto como se liquidasse assim um contencioso que nascera muito antes, um murro a que o mancebo reagiu com um contramurro. Rolaram depois numa briga sobre a lama por ali acumulada, e até se erguer o abusador, a cambalear, e copiosamente sangrando dos fungões. As raparigas fugiram espavoridas, levadas por um misto de medo fingido perante tamanha violência, e de sincero gosto por se acharem desagravadas, enquanto Salai se quedava, meio zonzo após se ter alçado, e a limpar a hemorragia à manga do gibão. Quanto a Melzi, cobrando do desforço acrescida estatura, e agigantando-se a seus próprios olhos, mercê da hegemonia que ganhava sobre o discípulo do grande mestre, soletrou este mote que ele mesmo concebera, e com que principiara a legendar o brazão da sua estirpe, "Me piacce".

E os dois encaravam agora o artista de modo inteiramente antagônico, originado nos valores, e nas expectativas, de cada qual. Se Salai confusamente se ressentia da decadência de Leonardo, Melzi punha-se a observar com curiosidade quanto neste sobejava de vigor. Deitado na relva, e aos pés do que sempre o protegera, o rapaz oferecia-se como um escabelo ao descanso das pernas do velho enquanto este, esforçando os olhos, atentava no que via, e no que apenas dentro de si conseguia descortinar. Um bando de rolas, anunciador do sementeio, voejava-lhes por cima das cabeças, integrando-se assim na remansosa paisagem, adequada ao retrato que extraía do esfumado cenário de fundo a nitidez dos traços de quem sobre ele se representava. E o pintor, fascinado pela moção das águas, transcrevia-as no lento afago que outrora dedicara à reprodução dos cabelos do moço. Sem dúvida que ia este acusando o decaimento dos caracóis que lhe haviam assegurado o ganha-pão, ao entrar para servir na oficina como provável modelo de entidades angélicas. E a antiga cabeleira ora cedia espaço à calvície frontal, ora perdia a flexibilidade que a celebrara como irmã das ondas de um mar tranquilo. Se disto porém se dava conta o aprendiz, jamais o sugeria, atido à fidelidade canina com que naquela margem se estiraçava. Mas em resultado de uma exclamação do dono, o qual acabara de distinguir na corrente um vórtex impossível de trasladar para a prancha que colocara sobre os joelhos, despertaria em sobressalto da sonolência em que se afundava. Fez rebolar negligentemente o próprio corpo na erva que, ao aproximar-se o fim da tarde, arrefecia como um defunto endurecido, e em cujas veias o sangue deixara de circular. E ajustando a vista à vista do homem, enxergaria um torvelinho do Adda em que não reparara, sentindo logo, a procurar as suas, as vivíssimas pupilas do que lhe descerrara as áleas da existência que lhe coubera em sorte. Bebendo o pânico que ali se refletia, e que assaltara o outro, suspenso no trajeto da mina que apertava nos dedos, apareceu-lhe claramente aquilo que o mesmo vislumbrava. O rosto do discípulo de antanho ascendia à superfície do rio, verde de limos imemoriais, e de órbitas que a fome dos peixes esvaziara. Retornava às profundezas, subia de novo, e uma vez ainda, até que se lhe desvaneciam as feições na torrente enfim reapaziguada. Duas lágrimas deslizaram então pelas enrugadas faces do mestre, perceptíveis através da barba branquíssima que as cobria. E Salai ouviu nesse instante um estridente assobio, e de seguida o brado de Francesco Melzi, chamando à obediência Oreste e Latona, o casal de mastins que da sua beira se tinha apartado. O fidalgo surdiu de uma moita de medronheiros, Leonardo recebeu-o com imperturbada calma e, de cara enxuta, erguendo o semblante onde uma estranha juventude persistia, limitou-se a proferir este breve comentário,

"Há muito que te esperava, meu Filho do coração, há muito, há muito que estava só."

5.

O inesperado convite, dirigido ao mestre por Giuliano Lorenzo de'Medici, para que executasse em Roma um programa de obras extraordinárias, libertaria Salai, e ao menos temporariamente, da dolorosa emulação que sustentava com Melzi. Irmão de Leão X, o papa reinante, Giuliano requeria do homem um conjunto de maravilhosas benfeitorias, a empreender nos jardins do Belvedere. Sempre o rapaz se pintara a corte pontifícia como um teatro de delícias opulentas, e de irresistíveis relaxações, entremeadas pelo balanceio dos turíbulos exaladores do incenso, e pelo rocegar da cauda vermelha dos cardeais. Aí se celebravam, ou assim o entendia ele, ininterruptos festins, atravessados por bandejas de prata, carregadas de frutos exóticos, e entre gritos e suspiros dos convivas que bebiam vermentino por cálices multicores, e que distraidamente escutavam os compassos de um alaúde que ao longe se tangia. Nas câmaras de tetos recamados de ouro, e a todo o instante, desfaleciam anafadas cortesãs, resvalando de um leito de penas para o soalho coberto por alfombras de alto preço. Seguia depois, e ao clarão dos archotes, uma leva de pecadores indultados na Quaresma, a cumprir um roteiro das ruínas do império fundado pelos filhos da loba, e detendo-se num qualquer lugar de mármores, um templo, um cemitério, ou umas termas. Entoavam em coro sinistras ladainhas, guiados por uma feiticeira de pele alvíssima, e conhecedora da gramática dos velhos augúrios, a qual, uma vez concluído o rito, completamente se desnudava para se flagelar. As bancas de jogo armavam-se pelas esquinas, e as mulheres dos embaixadores do mundo inteiro, aborrecidas na canícula, e exasperadas com os mosquitos, desciam negligentemente à rua, a tentar a sorte aos dados, ou a recrutar os favores de algum mariola, adolescente ainda, que as salvasse do pasmo em que embruteciam. O moço via tudo isto, e enumerava pelos dedos quanto alegremente haveria de fazer na Cidade Eterna. Oferecessem-lhe a oportunidade, congeminava ele, e converteria o amo em personagem muito mais famosa do que era, e cujos serviços poderiam vir a ser disputados pelo grão-mongol, ou pelo Prestes João das Índias. E desta forma ia-se esquecendo dos agravos que Francesco Melzi lhe infligia, e daquele desprimor com que o artista dera em castigá-lo, seduzido pelas artimanhas do "Bellissimo Fanciullo" que o trazia nas palminhas. Correu por conseguinte a entrouxar os aprestos da oficina, e os trastes de sala e quarto, e botou-se a despedir-se das lavadeiras do Adda, reconciliadas enfim com ele, e que não paravam de lamentar a perda do malandrete que tanto as escandalizara, mas que não menos as pusera num sobressalto fora do comum.

O primeiro dos ágapes para que foram convidados, recém-admitidos numa Roma que a ameaça da Reforma apenas de leve tocava, realizar-se-ia no palácio do então embaixador português, e futuro cardeal, Dom Miguel da Silva. Concorria ao festejo uma multidão de nobres e purpurados, ora imersos na atonia da ociosidade, ora arrastados pelo impulso da dissipação. Deambulavam pelas estâncias aquecidas a braseiros, isto porque andava fevereiro inclemente de um frio que se entranhava, mais ou menos curiosos da redentora surpresa, ou expectantes da liberalidade inopinada. O cardeal abria os braços aos que iam entrando, muito solícito na colheita de informes sobre a saúde de cada qual, ou na obtenção de notícias da última trica vaticana. E os cães da casa, habituados a vaguear sem qualquer disciplina, ladravam a todo o intruso que desse mostras de querer invadir-lhes o espaço vital. Pietro Aretino, o obeso poeta que pedia meças às enxúndias do próprio Santo Padre, deslocava-se vagarosamente de quadra em quadra, amparado por validos que lhe bichanavam à orelha nome e função dos hóspedes com que ia topando. E como a baleia que engolira Jonas, o profeta, arrastava-se ele até se espapaçar na chaise percée que um fâmulo lhe achegava, e onde ao longo do serão iria esvaziando as tripas atestadas. Vinham os criados de Dom Miguel, erguendo acima da cabeça candelabros de oito velas acesas, a anunciar que se achavam franqueadas as salas de pasto, e de tempos a tempos um tinido de campainhas avisava do ingresso de novo serviço de acepipes. Foi numa dessas alturas que, um pouco de improviso, e um pouco de maneira programada, se encenou um quadro vivo que contava Salai como protagonista, e que resultava da encomenda que o representante diplomático, e promotor da recepção, fizera ao mestre florentino, descido às margens do Tibre. Soou uma trompa rouca, descerrou-se uma cortina de damasco azul, e ali estava ele, o eterno aprendiz, acomodado sobre um rochedo, de perna traçada, e exatamente na posição dos rapazolas que pelas adjacências do Castelo di Sant' Angelo, e apoiando-se nos muros meio derruídos, ofereciam os seus préstimos, entre submissos e displicentes, a quem ia passando. O anfitrião bateu palmas, e apresentou em voz impostada aquilo que designava por *Baco nos Campos de Tebas*, e que consistia na pessoa do moço, mal coberta de peles de animais, e de indicador em riste, a afrontar um mistério à sua esquerda, ou a exprimir sem palavras uma infâmia inominável. O pintor manifestara já o seu engenho, ao fazer deslizar pela távola principal, e espavorindo tutti quanti, uma grossa cabra de patas, a cujo dorso havia colado com azougue umas asas escamosas que se agitavam, tudo de molde a conformar uma horrenda criatura, à qual nem sequer faltavam os cornos retorcidos, os olhos pintados, e a barbicha diabólica. Do avesso do reposteiro em que se ocultara, magicando geometrias que o distraíssem de semelhante cafarnaum, Leonardo avistou o seu protegido, encarnando o mais debochado dos deuses do Olimpo. E com um soluço na garganta, e de mão trêmula, rabiscou no caderninho que retirara dos dentros de sua véstia, "Bacco no, San Giovanni Battista".

Pouco depois, e tendo atravessado pátios de heras, e contornado espelhos de água gelada, entraria Leonardo numa câmara de penumbra, ao fundo da qual se divisava um altar juncado de lucernas acesas. Uma colcha vermelha suspendia-se por detrás da ara de travertino onde três pombos estrebuchavam ainda, a gotejar o sangue de uma recente imolação. Meio diluído na treva, e rindo como quem se prestasse a liturgia em que não depunha a menor das convicções, Dom Miguel da Silva ia limpando às rendas de uma toalha o curto punhal com que procedera ao sacrifício. E o mestre detectaria no lado oposto três figuras ajoelhadas, uma mulher de cabeleira ruiva, e desnudada da cintura para cima, e dois jovens clérigos, de batina desabotoada, a exibir os peitos glabros, e de jaspe, onde os mamilos se destacavam como botões de uma rosa escarlate. Dos longes da catacumba foi avançando até à luz uma figura que o pintor demoraria a identificar, mas que concluiria corresponder ao eterno discípulo. Tocado por uma peruca loura, desse louro de urina que caracterizava as putas do Trastevere, e de beiços pintados a um roxo de Semana Santa, ali se plantava o seu Salai, metamorfoseado em velho, e nu por debaixo da camisa transparente. Encarando os fiéis com um esgar, e oferecendo-se como um místico cordeiro demoníaco, o rapaz deixava-se acometer pelo terceto formado pela meretriz, e pelos eclesiásticos, os quais, ansiosos todos naquele cio que se tem por escada alternativa de ascensão ao Absoluto, lhe erguiam o chambre na busca do pênis túrgido, e aberrante na galdéria em que o moço se transformara. "Introibo ad altarem Dei", proclamou o embaixador Da Silva, bispo representante de Portugal, e esperou que lhe chegasse aos ouvidos a resposta canônica, "Ad Deum qui laetificat juventutem meam", balbuciada pelos que entretanto se descomandavam na devoração das vantagens do aprendiz. E na sequência do monstruoso rito irrompeu um par de valetes mascarados, arrastando cada qual o seu espelho, assente em rolamentos, que ali ficava, a refletir o mirífico auto. Quando o gênio se aproximou enfim dos atores desta cena, extinguia-se a chama das lucernas, e apenas se descortinava na fumaça que se levantara uma cabrinha muito branca, e trêmula de frio, balindo na fome do leite materno, e aguardando a lâmina que a degolasse.

Cambaleando ao longo de um emaranhado de sombrios corredores, apainelados de mármore, o mestre foi desembocar numa alcova exígua, correspondente ao camarim onde o dono da casa por hábito se paramentava. Salai implantava-se ali como uma estátua de gesso, envergando ainda a túnica que lhe não escondia as vergonhas. Alçava o braço direito, a apontar o céu, não como o anjo da Anunciação, de indicador espetado, mas como um Satanás escatológico, a executar aquele gesto indecente, significativo de pragas e esconjuros, que consiste em manter ereto o dedo médio enquanto se encolhem os restantes. Não dando mostras de se aperceber da chegada do homem, permaneceu imóvel na atitude com que se diria querer assinalar, não a encarnação de um menino divino, mas a desencarnação de um velho diabo. Leonardo tocou-lhe o ombro, e sentiu a frieza que tão bem conhecia, e que em sua memória associava à manipulação dos cadáveres. E só muito lentamente ganharia vida a escultura em que o eterno discípulo se convertera, limpando com as costas da mão, e tal e qual como faz a criança que assalta o boião do mel, o carmim sem contornos que lhe borrava os beiços. Logo a seguir retirou a execrável peruca amarela, deixou-a cair no chão, e deslocando-se como quem aprende a caminhar, foi ter ao leito de sedas e cetins que ali se descompunha, e sobre o qual notoriamente se haviam espojado corpos sobre corpos, e sobre corpos mais. Ouviu-se no empedrado do cortile o rodar das seges que levavam os convidados por entre gritos e risadas, e os arrancos de alguém, amo ou criado, que vomitava excessos de comida e bebida. Cantou o galo da madrugada, o que por três vezes marcara a negação de Pedro, apóstolo fundador da Santa Madre Igreja de Roma. E o jovem procurou o ninho de panejamentos, e dobrou-se sobre si mesmo na posição daqueles nascituros, formados já, que se inscrevem no útero materno, e que o pintor por essa época estudava na morgue do Ospedale di Santo Spirito. Deitando-se colado ao seu rapaz, incrustou-o em si como numa concha, envolvendo-o num abraço de transfusão do calor que a idade lhe consentia. E o cordeirinho que ninguém se lembrara de abater, balindo num desamparo, foi amochar aos pés da cama onde a respiração do mundo prosseguia.

A decadência de Salai, consumada na noite do festim em casa do embaixador Miguel da Silva, determinaria em Leonardo o desejo de rejuvenescer a cidade que quase lhe fora berço. Chamavam-no para integrar a comitiva do Sumo-Pontífice que se dirigia a Bolonha, a um encontro salvador da Cristandade, ou assim se pretendia, com Franscisco I, rei de França. Estonteado como sempre pela pompa eclesial, e escolhendo os seus parceiros, também isto conforme ao costume, entre a escumalha dos servidores do Vaticano, Salai deslizaria sem mão que o agarrasse, e sem remédio, para a completa degradação. Atrairia a si, regressados ambos a Florença, onde se estabeleceriam, toda uma chusma de crianças, enfeitiçando-as com os seus passes de ilusionismo, e industriando-as no furto dos incautos forasteiros, na chantagem e delação dos amores proibidos, e nas mais refinadas técnicas da batota ao jogo. Desinteressado da atividade do artista, e isento dos deveres de factótum, ultrapassados pelo secretriado oficial, exercido por Melzi, atravessava a Praça da Signoria com um arreganho de desclassificado, cada vez mais negligente no vestuário, e mais desnorteado nos propósitos. Diziam-no abusador da inocência de meninos e meninas, e prostituto dos padres desdentados desta ou daquela confraria. Mas quando lhe levavam notícia de tais desmandos, o mestre sorria, e encolhia os ombros, sem que se precisasse se significava com isso o perdão do rapaz, ou se apenas se lhe tornavam indiferentes os despautérios que o mesmo cometia. Com um afã que de longe a longe lembrava a diligência da sua juventude, e apoiando-se em Francesco Melzi, se a vista lhe ia falhando, ou lhe fraquejavam as pernas, o pintor executava o projeto que lhe encomendavam, e que consiste na reabilitação da área envolvente do Palácio Medici, e no renovo da fachada do Duomo, e da Igreja de San Lorenzo. Traziam-lhe sucessivos candidatos à aprendizagem, catraios bisonhos que o olhavam num pasmo de devotos assustados, e ele limitava-se a afagar-lhes a face, resmoneando algo que se situava entre a promessa e a desculpa. O moço observava-os à distância, crispado na sua raivosa antiguidade, e não se continha que não proclame, "Sim, deixem ir a ele as criancinhas, e descobrirão em que feras se hão de transformar." Arrastavam-no dali como a um louco, esbracejando espetacularmente, e tapavam-lhe a boca para que não se desfizesse em insultos. E não raro lhe mergulhavam a cabeça na água de algum tanque, a fim de que se lhe acalmassem os nervos, e se não ouvissem os impropérios que pronunciava. O homem desenhava um frontão equilibradíssimo, e quando Melzi lhe recolhia o lápis da sanguínea, largado pelos dedos que por momentos cessavam de tremer, os pombos levantavam voo, e o desgraçado ia ocultar o pranto no nártex do primeiro templo com que deparava.

O anel

1.

Se o olhar de Francisco I, rei de França, pousou suavemente sobre a cabeça encanecida de Leonardo, o de Leão X, vigário de Cristo, desceria com ganância sobre os desgrenhados caracóis de Salai. Marcantonio Flaminio, um mancebo de corpo elençado, e que nos seus dezasseis anos de idade muitos tinham já por grande promessa das letras, não deixou de perceber o súbito brilho da pupila pontifícia. Ninguém duvidava do lugar que o imberbe lírico ocupava no coração, e na cama, do Santo Padre, e não faltaria por isso quem entre segredinhos, risadas e piscadelas do olho, lhe denotasse a reação. Mas o soberano francês discreteava entretanto com o mestre, usando daquela voz escura que tanto se compaginava com o imenso nariz, de quem não distinguia o cio de macho jovem, a farejar as fêmeas opulentas, da sofisticação do candidato a intelectual, arrebatado pelas conquistas do *homo sapiens*. Achando-se inteiramente ao fato das socráticas preferências do artista, atinentes ao amor profano, nem por isso o monarca se retinha de acalentar a ânsia de chegar à fala com ele, consultando-o como a um oráculo em matérias do conhecimento. O iniludível apego ao sexo oposto, colocando-o por um lado em total segurança perante si mesmo, eximia-o a qualquer suspeita, da parte dos cortesãos comuns, ávidos de levantar em sede de intimidade atrevidíssimas conjecturas. Com o soberano, e mais ainda do que com o papa, cujos gostos não ignorava, e que o indispunha pela constante fixidez da mirada com que o despia, é que o aprendiz eterno desejava estabelecer o relacionamento que lhe proporcionasse ocasião de se gabar da privança com os detentores do poder do mundo. O pintor porém, ou porque se desse conta de semelhante ambição, ou porque se distraísse da presença do que cada vez mais lhe apetecia votar ao ostracismo, não facultava ao rapaz ensejo a que se aproximasse por altura dos colóquios que com Francisco I ia desenvolvendo. Mostrava-lhe este uma pérola, recente oferta de Manuel, de Portugal, e deleitava-se na escuta dos enciclopédicos informes que o gênio lhe ia passando, de como tais jóias provinham dos mares da Índia, de como se designavam *pteriidae*, de como resultavam de ferimentos no interior do bivalve, de como se formavam a partir do nácar com que o animal reagia à contusão, produzindo uma esfera translúcida, e de como enfim se consideravam tais gemas instrumento privilegiado de contato com os deuses. E achegando-se a eles Melzi, esse sim, autorizado a assistir aos longuíssimos diálogos, Leonardo apoiava a mão no seu braço, isto como se proclamasse aos quatro ventos, e sobretudo ao moço que o espiava, "E esta é a minha verdadeira pérola, a de mais alto preço, e a que não se vende, e chama-se Francesco Melzi para comigo servir Vossa Majestade." Mas Florença não caberia no resto de futuro que Leonardo, adiantando-se à morte que o escolhesse, decidira apaixonadamente abraçar. Resolvera seguir o rei francês até aos seus domínios, abrigando-se à sua sombra para compulsar as páginas derradeiras do livro da vida. Exonerado pelo artista, vinte e cinco anos decorridos sobre a entrada ao seu serviço, ou sobre o início da proteção que o mesmo lhe estendera, Salai despedir-se-ia dele sem ceder às lágrimas, senhor de uma arrogância subitamente conquistada. Tomou pois o bornal, meteu aí uma bucha de pão, pôs o cantil a tiracolo, e declarou antes de abalar, "Saio assim, amado mestre, como cheguei, sem alforge onde guardasse uma só moeda, nem almofada onde descansasse a cabeça." E partiu, desiludindo os garotos que, assediando-o na avidez de assimilar novas manhas, se mantinham de sentinela diante das casas que o papa dispensara a ambos para a aposentadoria em Bolonha. Ao contrário do que o rapaz esperava o pintor não o acompanharia, montando o murzelo que a corte pontifícia lhe disponibilizara, até ao bota-fora junto ao começo da Via Emilia. Mobilizado para as palestras que Francisco I pretendia dele, e que versavam questões tão heteróclitas como o atrito das águas nos canos de esgoto, o comportamento migratório das andorinhas, ou a receita do perfume que em simultâneo se mostrasse persistentemente aromático, e poderoso bastante para afastar moscas e mosquitos, o gênio quedar-se-ia pelas câmaras do Palácio Público, sabendo embora que o eterno discípulo não tardaria a apartar-se dele, e para sempre talvez. Salai alongar-se-ia portanto na recordação dessa passagem bíblica, tão amiúde repetida na catequese do velho pároco de Oreno, que recomenda a sacudir a areia das sandálias, sempre que nos expulsam de um lugar de afeto, ou nos negam o salário da gratidão. E adotava o itinerário de Florença, não porque lhe sobejasse o menor apetite de reencetar o seu convívio com a cidade do Arno, mas porque não contava já com quem o acolhesse na terra natal, e a descida a Roma após as relaxações em que se atolara se lhe afigurava colocar em risco a salvação da própria alma. Vazia do homem que o acarinhara, e por isso da expectativa que em moço havia alimentado de vir a fechar-lhe os olhos, a república dos Médicis recebê-lo-ia, ou tal acreditava ele, como o asilo se franqueia ao vagabundo que lhe bate à porta, de cajado numa das mãos, e de escudela na outra.

Melzi encarregar-se-ia da redação do inventário dos bens atinentes ao trem de vida do mestre, mobiliário e guarda-roupa, trastes de cozinha e oficina, livraria e arquivo. Mas a Salai competiria a bronca tarefa de embalagem de tudo isto, levada a cabo em pé de igualdade com eguariços e carregadores, e numa fona que apenas admitia as pausas indispensáveis a atestar o bucho, ou a verter águas. Encarando tal lida como derradeira homenagem, prestada ao amo querido, e como gesto de reconhecimento por quanto dele recebera, generosidade e ternura, sacrifício e perdão, ensinança e conselho, riquezas que tão grosseiramente desvalorizara até delas se esquecer por completo, o rapaz empenhava-se em assinalar deste modo o seu trânsito pela existência do gênio. E com alívio inescondível Francesco Melzi assistiria ao desaparecimento do rival, desabafando com quem quisesse ouvi-lo, e com a ironia que se lhe engastara na índole, "Respira-se muito melhor à brisa do fim do verão, agora que o inútil desertou." A pequena comitiva, apoiada em cavalos e mulas que marchavam ajoujados ao peso dos fardos, e em carros de bois que chiavam pelas estradas fora, arrastava-se orientada por um guia que a cada instante ia perdendo a noção da rota, e sofriam todos à medida que se encaminhavam para norte um vento cada vez mais gélido, mais cortante, e mais entorpecedor. E o eterno aprendiz, tendo esgotado pelas ruas de Florença dias e dias, iguais uns aos outros, destituídos de qualquer serventia, retornava a Milão, onde haveria de se fixar, extraindo da corrente do pescoço a chave da porta da hortazinha que o amo lhe doara para que a arroteasse. Apoderou-se daquele quadrilátero de terra como se pretendesse cavar nele a própria cova, e embrenhou-se numa faina incomportável na sua natureza. E numa fresca tarde de janeiro, quando tangiam os sinos dos campanários das redondezas, amochou debaixo de uma laranjeira pejada de frutos, adormeceu num sono denso, e internou-se num horrendo pesadelo. Progredindo o pintor penosamente, e meio desfalecido, no murzelo que mais estimava, uma tempestade dos Alpes abatia-se sobre ele, e sobre os que o acompanhavam. E resvalando da montanha, o pobre rolava pelo chão até ficar estirado de costas, e imóvel, na neve que o cobria, tão branca como o cabelo e a barba do ancião em que se transformara. Pouco a pouco a boca escancarada atulhava-se-lhe dos flocos que baixavam do céu de chumbo, e a morte, inteiriçando-lhe os membros, secava-lhe o sangue nas veias endurecidas. Ali jazia Leonardo, de olhos desmesuradamente abertos, mais claros do que nunca, e ávidos de contemplar o rosto do que amara como filho, e a quem finalmente pedia contas pelo abandono crudelíssimo a que fora votado.

O artista transpôs a porta maior de Amboise, magicando em como se encantaria o seu rapaz, se caminhasse ali ao lado, e rumo ao palácio real. Lembrar-se-ia ele por certo de um livro de horas, pertença de Ludovico Sforza, que o mestre um dia, e escondidamente, lhe dera a ver, e no qual se pintava a páginas tantas, a fim de que a saboreassem à lupa, a miniatura de uma cidade como aquela. Erguia-se Jerusalém com suas torres e muralhas, e fora destas Jesus Cristo, pungindo a dolorosa paixão no Horto das Oliveiras, bebia até às fezes o cálice da amargura. O companheiro de longos anos, ausente nesse momento da existência do homem que se exilara, permanecia afinal com ele, e muito mais chegado do que outrora, porque se fixara, belo de corpo e alma, jovem como havia sido, e limpo de todo o defeito, na imaginosa memória do pintor. E o grande italiano que se radicava em França, incumbido de fascinar com a sua personalidade, e as suas obras, Francisco I, o rei, procurava os sortilégios suscetíveis de deslumbrar o discípulo eterno, se estivesse o mesmo à sua beira. Arrependia-se de não ter trazido o que nos últimos tempos se lhe tornara quase indiferente, e atentava no luxo que não deixaria de espaventar o moço, revelado nas estâncias do Castelo, e na corte que neste se aboletava. Os validos de Francisco I exibiam-se numa girândola de tecidos preciosos, e cravejados de tanta pedraria, que se lhes dificultava o passo, e de modo a parecerem deslizar pelo mosaico, hirtos sob a carga das vestimentas, e com o rosto coberto de alvaiade. Na extrema lentidão de pesadelo em que seguiam assemelhavam-se a esses bonecos de cera, ataviados de telas, que se utilizam nas sortes de bruxaria, adequadas ao capricho dos amantes que buscam satisfazer o seu cio, o seu ciúme, a sua manipulação, ou a sua vingança. Sabendo ilustríssimo o que chegara do Sul, os cortesãos fingiam não o reconhecer, quando com ele se cruzavam, insinuando a posse de um estatuto situado muito acima do que coubesse a um mero inventor. E Leonardo calculava que não se retrairia o discípulo de estabelecer convívio assíduo com os mais frívolos que cirandavam por aí, sacudindo as rendas com que cingiam os pulsos, e preenchendo o ócio com labirínticas intrigas de teor libidinoso. Bem provável se mostraria que, avesso embora aos maneirismos dos tafuis, o soberano permitisse que o protegido do sábio se sentasse à sua mesa, aquando dos colóquios que com este entretivesse. Insinuante como era capaz de ser, sempre que necessário, congeminava o amo, Salai alcançaria agradar a Francisco I, se não pela inteligência, pela picardia, e tal e qual como o macaco que seduz o leão que com ele condescende em brincar.

De fato Melzi não substituíra Salai, e Leonardo aperceber-se-ia da insuportável falta deste, logo nos dias seguintes à chegada a Amboise. Punha-se a observar o circunspecto aristocrata, o qual no conhecimento dos segredos dos códices ia investindo o que lhe escasseava de urgência de pintar, e desiludia-se rapidamente. O mavioso secretário citava de cor páginas e páginas, demorando-se numa ou noutra passagem, com vista a sublinhar-lhe a importância, mas os lábios moviam-se-lhe na recitação dos textos como se pertencessem a um autômato a que alguém tivesse dado corda. Sempre escrupulosamente asseadas, e de um tom marfinado que sugeria sacras imagens, ou adereços mortuários, as mãos que folheavam os volumes assustavam quem quer que as contemplasse, e em termos que tornavam inevitável afastar delas os olhos. Os inúmeros visitantes, impedidos de aceder ao gênio, mercê da guarda em contínuo montada por uma sentinela assim, procuravam comprar-lhe a estima com aquilo que sabiam apetecer-lhe, a notícia de um rabisco, ou de um rascunho, considerado perdido, mas que pudesse enriquecer o arquivo que semelhante cão atento se afadigava em constituir. A mais do que com isto irritava-se o artista com a exiguidade dos temas que Francesco Melzi trazia para o diálogo de ambos, sempre confinado à obra, e nem sequer à recente, mas à que por aquele fora efetuada. Pungia-o deste modo a saudade do discípulo eterno, tão atreito a arrebatamentos como a contrições, tão pronto a revoltar-se como a pedir perdão, e tão inclinado à euforia que exige a cumplicidade como à melancolia que reclama o abraço. E se o pintor intentava decifrar o que os distinguia, ao de outrora, e ao atual, apenas um conceito que era também uma imagem lhe assomava das névoas da velhice. Em seu foro íntimo classificava ele de "descida aos infernos" o que o moço andara a realizar ao longo da existência que haviam partilhado, configurando algo que o fidalgo não compreendia, esse convívio com demônios que não perdoam, e que nos cingem como uma tenaz em brasa, extraindo-nos das derradeiras forças quanto nos supúnhamos já incapazes de dar. O lago calmíssimo em que o assistente navegava, pouco fundo, mas propenso a repentinas borrascas, contrastava com o oceano impetuoso onde o rebelde efebo continuava a singrar, de abismos enredados de algas e limos, e a todo o tempo sujeito a agitar-se em vagalhões. A cada instante aguardava ele que, desprezando interditos e conveniências, o aprendiz lhe surdisse pela alcova adentro, arredando com um rude gesto do braço o que se propunha cortar-lhe o avanço, e ajoelhasse à beira do leito em que o amo se preparava para dormir, tudo igual ao que fizera no passado. Beijar-lhe-ia então os dedos lívidos, segredando-lhe ao ouvido, "Aqui estou, meu Pai, regressado a ti, e à tua beira ficarei até que a noite se acabe."

2.

Assaltava-o por vezes o desejo de armar em papel um castelo que se assemelhasse ao de Amboise, e que fosse capaz de evocar na ideia de Salai os que lhe confeccionara, quando o rapaz ia já no fim da adolescência. O menino que teimava em ser, ávido de surpresas sobre surpresas, produzidas pelo pai substituto, maravilhava-se com construções assim, efêmeras quanto bastava para parecerem régias, mas gratificantes da fantasia do homem que não quer crescer. Sujeitando-se à calada censura de Melzi, o qual considerava desperdício inadmissível a utilização das folhas de velino para um tal propósito, o de simplesmente divertir o aprendiz que nem sequer se achava entre eles, e que porventura nunca veria as ingênuas arquiteturas do mestre, Leonardo manobrava tesoura e cola, a levantar em todo o seu esplendor a morada suntuosa onde o acolhiam. E coloria as superfícies recortadas com uma pletora de tonalidades que jamais empregara na sua pintura, entretendo-se além disso a incrustar vitrais onde estes não existiam, e a adoçar às paredes escadarias extravagantes. O brinquedo transfigurava-se aos poucos no palácio que ele próprio haveria de edificar, se lhe solicitasse Francisco I o conselho abalizado, e lhe atribuísse a respectiva execução. Tratava-se de uma charada de equívocos, concebida em planos que se interceptavam, ou que mutuamente se refletiam, e postulando um infinito de nuvens que nimbavam um reino por revelar, muito distinto daquele em que a vida habitual decorria. E o artista imaginava o antigo jovem, esquecido por instantes das suas loucuras, e debruçado para uma peça como a que lhe oferecia, obra do mais extremado delírio, a escolher o átrio onde realizaria os banquetes da corte, os aposentos onde alojaria a família real, as câmaras que destinaria aos negócios públicos, e a área das cozinhas, das oficinas, das casamatas, e das coudelarias. No entender de Francesco Melzi o tempo que o pintor gastava a engendrar quejanda fantasmagoria, redundando num mamarracho, ou pelo menos num disparate, bem poderia aplicar-se àquilo que do seu engenho se aguardava, o esboço de um retrato, o risco de um jardim, ou o projeto de uma máquina de guerra. Como se tentasse afugentar um desses mosquitos tenazes, ascendidos nos meses de verão das ribas lamacentas do Loire, o gênio investia a caturrice do velho em que se convertera na recusa de qualquer sugestão, avançada para o desviar de artefatos dessa natureza, suscetíveis de lhe atrair o desprezo com que se castiga o ridículo. Ordenava então ao conspícuo fidalgo que lhe servia de secretário, e que se empenhava em domesticá-lo para o que supunha dever configurar um sábio insigne, que fosse aprender de cor outra passagem dos códices, isto porque se anunciava para breve a visita de novos forasteiros.

Introduzida recentemente, e transformada em obsessiva moda, a cartomancia arrebatava por então os cortesãos de Francisco I, não havendo dama que se quisesse elegante, nem cavaleiro que pretendesse cair nas boas graças feminis, que não tirasse cartas, ou que ao menos não consentisse em que alguém lhas lesse. Escassamente inclinado às artes divinatórias, e colocando mais funda crença na observação, e na consulta, das leis da Natureza, do que na auscultação das profecias ditadas pelos astros, ou pelos augúrios, na verdade também Leonardo não conseguiria resistir ao apelo daquele jogo, afinal de fortuna e azar. E percebendo que Salai cederia a idêntico fascínio, implicou-se na novidade com o sempre vivo apetite de agradar ao discípulo eterno. Extraiu da sua mágica um mecanismo insólito, e misto de roleta e cosmograma, inscrevendo nele, esmeradamente pintadas pelo seu próprio punho, os arcanos maiores, de forma a obter um objeto maravilhoso à vista, e que induzisse a mão a pô-lo a girar. Substituiu porém o inerte rosto das figuras do baralho por autênticos retratos, suscetíveis de oferecer imediato reconhecimento dos modelos respectivos, e elegendo-os como pretexto a que se rendesse a homenagem, se exprimisse o afeto, e se manifestasse a troça. Nestes moldes, e com muita propriedade, ostentava o Imperador o de Francisco I, a Imperatriz exibia o de Cláudia, duquesa de Borgonha, e rainha-consorte, e se o Papa arvorava o do reinante, Giovanni di Lorenzo de' Medici, que escolhera chamar-se Leão X, a Papisa tomava as feições de Marcantonio Flaminio, o notório favorito do pontífice. Mas não se restringia a tais personagens a contrafação do mestre, adotada na esperança de que chegasse o dia em que pudessem os dois, amo e aprendiz, recrear-se à gargalhada numa sessão em que a cada carta saída coubesse um significado verosímil, impagável de comicidade. Para si mesmo optaria o pintor pela imagem do Eremita, fazendo assentar a sua efígie nos ombros do divagante ancião que, apoiando-se no cajado com a sinistra, erguia na destra uma candeia, seguindo nestes termos em demanda dos segredos do Universo. E à cabeça do moço, toucada por um sinistro barrete, atribuiria ele o corpo do Diabo, provido de asas de dragão, de mamas com olhos fixos no consulente, e de aparelho genital propenso às piores relaxações. À Justiça, à Força, e à Temperança, ao Mundo, e à Estrela, o gênio conferiu o fácies de Catarina, sua saudosa mãe. E se ao condutor do Carro emprestou a cara de Mathurine, cozinheira e governante da sua aposentadoria, para o Louco, e para o Enforcado, selecionaria a máscara de Francesco Melzi, isto por razões com que o jovem, futurava ele, muito haveria de se deliciar. Sobravam-lhe oito cartas, mas destas apenas seis acabaria por aproveitar, o Julgamento, a Roda da Fortuna, o Mago, o Amoroso, o Sol, e a Morte, as quais decidiria manter na sua aparência convencional. E quanto às restantes, a Lua, e a Casa de Deus, por as ter em grande aversão, e por aliás as reputar de inúteis, resolveria simplesmente eliminá-las.

Amorrinhava-se agora ao canto do lume, sentado num cadeirão, e encolhido na peliça que o rei lhe oferecera, logo na tarde da sua chegada. Prendia os olhos das labaredas, e observava as achas que se esboroavam após formarem pétalas, ou escamas, ou pepitas de ouro, fantasias afinal de que se mostra capaz o homem comum, e que não pedem o gênio para as engendrar. Os dias decorriam-lhe escandidos pelas visitas de Francisco I que surgia a horas arbitrárias, e sem séquito, acompanhado apenas por Battista de Vilanis, serventuário do mestre, e nomeado responsável pela agenda dos colóquios entre este e o soberano. Aos aposentos de Clos Lucéa fluía uma onda crescente de curiosos, gentes em trânsito, ou propositadamente rumando até lá, que não perdiam a oportunidade, sempre que Leonardo se isolava na evitação de qualquer contato, de subir uma escada, deslizar pé ante pé ao longo de um corredor, e ir espreitar por uma porta entreaberta, ansiosas de ao menos da distância avistar aquele velho. Caturrando na sua letargia, interrompida tão só pela minestra que Mathurine lhe apresentava, entreouvia ele o pausado discurso de Melzi, sereno e disciplinador como convém a todo o guardião, que citava aos intrusos fragmentos dos códices, "Questo è il modo del chalare degli uccelli", "Tanto apre l'uomo nelle braccia quanto è la sua altezza", ou "Il noce mostrando sopra una strada ai viandante la richezza di sua frutta". E escutava depois as brutas passadas dos forasteiros, atrasando-se na contemplação de uma maquineta destinada à dupla festividade do batizado de Henrique, o delfim, e do casamento de Marianne de La Tour d'Auvergne, sobrinha do monarca. No mais íntimo de si o ancião pressentia que se lhe completara irremissivelmente a obra, e que nada mais lhe falecia que não fosse o aparecimento de Salai, susceptível de a fechar a uma chave que, sobrepondo-se aos vários esboços, às desistências inúmeras, e às fatais imperfeições, não poderia deixar de constituir emblema de triunfo. Via-se assim, de pernas afastadas, e de membros superiores estendidos na horizontal, implantado no centro de um firmamento pontuado por estrelas cintilantes, e entre os principais planetas. De um lado brilhava a lua, e do outro resplandecia o sol. E os signos celestiais inscreviam-se à volta do supremo artista, iluminado pela chama de quatrocentos archotes, tudo como se a noite houvesse sido expulsa pelos séculos dos séculos que o Universo viesse a contar.

Quando um lauto senhor, o cardeal Luis de Aragón, voltando de um périplo pelas cortes da Europa, escalou na residência de Clos Lucé, Leonardo deparou-se com o modo de fazer chegar às mãos do seu rapaz uma secreta mensagem. O purpurado, deslocando-se com um séquito monumental, composto por uma quarentena de cavaleiros, e quanto bastava de criadagem a pé, anunciou-se por um tal Antonio de Beatis, seu capelão, seu secretário, e fala-barato dado a alucinantes gesticulações, que alardeava grandeza de meios, e de propósitos, capaz de inclusive ensombrar a do amo. Para além do detalhado relato das viagens empreendidas, das cabeças coroadas que os tinham recebido, dos presentes trocados nas audiências de boas-vindas, e dos banquetes com que se lhes festejara a permanência, referia ele as notórias personagens, e tanto da Cristandade como do Islão, com quem se haviam cruzado, não sem aludir entretanto ao serviço deplorável das estalagens, e aos assaltos, às intempéries, e às moléstias, de que tinham sido vítimas. Uma natureza assim, desbordante de ideias e emoções, adequava-se na perfeição ao plano que o mestre trazia em mente. E à tendência do sujeito para a vanglória somava-se o fascínio que nele desencadeava a percepção dos temas especialmente macabros, a começar pela narrativa da dissecação dos mais de trinta corpos, levada a cabo pelo pintor com requintes excitantes dos cinco sentidos. Cúmplice do cardeal nos crimes que imputavam a este, os assassínios do cunhado, Antonio da Bologna, e da própria irmã, Giovanna, duquesa de Amalfi, De Beatis beijava os dedos daquele gênio com a doentia, e talvez lasciva, humildade de os saber exímios no manejo do escalpelo. O velho recluso esperou por isso o momento de se ver a sós com o apaniguado de Luis de Aragón, pediu-lhe que o amparasse na marcha até um contador de pau-santo, e retirou de um falso do mesmo um objeto singular. Tratava-se de uma circunferência formada por três víboras, embalsamadas pelo sábio que acolhia os viajantes, e entretecidas de tão artificiosa maneira que configuravam um único ser rastejante, mas tricéfalo, com número igual de pares de carbúnculos, cravejados nas órbitas. "Transportarás isto até Milão", ordenaria ele na certeza de que o outro lhe não contestaria o mando, "a Giacomo Caprotti, a quem chamam Salai, e que encontrarás numa hortazinha das adjacências do Palácio." Antonio de Beatis acenou afirmativamente, e estendeu as mãos para que nelas depusesse o artista aquilo que, envolvido numa toalha de linho, de imediato lhe apareceu como a vera coroa de espinhos.

A sinistra relíquia chegaria a Salai na Sexta-feira Santa de mil quinhentos e dezoito, data em que os imparáveis sinos de San Nazaro in Brolo pareciam profetizar já o falecimento de Giangiacomo Trivulzio, para cujo túmulo, e nessa igreja, ficara Leonardo de esculpir um monumento imenso, encimado pela estátua equestre do que fora condottiero inimigo dos Sforza, e finalmente marechal de Milão. Lisonjeou-se muito o eterno aprendiz com a pompa do cavalheiro que vinha fazer-lhe a entrega da encomenda, o tal Antonio de Beatis que extraía do esplendor do cardeal, seu patrão, a segurança, e até a empáfia, de se considerar importantíssimo. O destinatário da oferenda supôs antes de a desembalar que não passasse de um simples queijo de cabra, bem curado pela longa viagem, e da qualidade que lhe haviam referido como famosíssima na região do Loire. E só depois de se despedir do portador, e adjunto de Luis de Aragón, se apressou a desvendar o conteúdo do embrulho. Inclinado como era à crença na feitiçaria, e convencido do dom com que a Providência o agraciara, de em tudo ler sinais significativos para a sua existência, o jovem de antanho viu-se desde logo arrebatado pela peça que o intermediário lhe colocara nas mãos. Os três ofídios, ensarilhados em seu abraço complexo, não apenas lhe prenunciavam novas patifarias, e em consequência palpitações renascidas, como lhe garantiam nefastos desígnios, e exatamente aqueles a que por fatalismo insuperável não cessava de aspirar.

Ao longo das jornadas, e das comemorativas cerimônias, da Paixão e Morte de Nosso Senhor Jesus Cristo, investiria ele na contemplação de quejando objeto quanto lhe restava de perversidade inseparável da mística. Na noite de Trevas, e no desejo de assistir ao desfile da lenta procissão do Enterro do Messias, fechou com várias voltas da chave a portinha de acesso ao jardim, e ao cubículo que se lhe achava anexo, e no qual optara por dormir, indo misturar-se à multidão da cidade, gente desesperada de horizontes de vida, mas que do encosto entre os corpos apinhados conseguia derivar o máximo de futuro que se lhe continha no presente. E eis que, havendo deslizado já o cortejo dos andores, dos penitentes, e dos canônicos, o antigo aprendiz descortinou um trio de raparigas de cabeça diademada por essas flores a que dão o nome de "chagas", e que em vários lugares do mundo se têm por símbolo do sacrifício do Divino Redentor. Sentiu que as forças o abandonavam, e de imediato se lhe identificou o tríplice par de olhos com os das víboras que o mestre lhe enviara, não atinando todavia em perceber se por aviso, por troça, ou por mera provocação. Evaporaram-se as fantasmáticas entidades, largando como rasto o cheiro a ranço dos círios ardidos, o fartum da merda dos cavalos montados pela guarda de honra ao féretro de Jesus, e o relento do incenso desprendido do balanço dos turíbulos. E na manhã seguinte, havendo metido no bornal o necessário à caminhada sem desfecho à vista, abalaria o desamparado ao encontro do seu incansável protetor.

3.

Não se pense que se surpreenderia Leonardo demais, ao ver entrar pelos seus aposentos aquele que pressentira já, subindo as escadas a um passo que lhe era familiar. Salai pediu que de imediato o conduzissem à pessoa do mestre, tendo-se apenas libertado dos fardos que carregara às costas, mas agasalhado ainda nas polainas de pastor transumante, conspurcadas pela lama dos caminhos que percorrera. Ajoelhou à beira do cadeirão, e logo o pintor, depondo sobre o tamborete a lupa com que estivera a examinar uma dessas libélulas de cauda em pinça, naturais da floresta de Amboise, e a que a taxinomia haveria de conferir a etiqueta de *Onychogomphus forcipatus*, lhe colocou a mão aberta sobre a cabeça como se lhe administrasse o sacramento do Crisma. "Giacomo Caprotti, meu Salai", murmurou o velho, e acrescentou, "tornado como o cão perdido a casa de seu dono." E ao erguer o rosto para confrontar o artista, o rapaz de antanho daria com distintas presenças na câmara bem aquecida de

Clos Lucé. No círculo do espelho convexo, suspenso na parede por detrás do pintor, refletia-se o mesmíssimo trio das raparigas, cingidas pela cadeia invisível que as transformava numa criatura una, mas nesse momento diademadas, não pelo enredo das víboras, mas por um toucado de heras que se lhes apegassem aos cabelos, aquando da travessia de uma paisagem de ruínas. O eterno discípulo nem tempo teria de se voltar, a certificar-se da materialidade do grupo sinistro, pois que logo lhe surgiram as jovens em torno do amo, e na verdade mais reais do que nunca. Ali postadas, pareciam incumbidas de proceder ao reconhecimento do recém-chegado, legitimando-o como digno da privança, e da habitação, com o gênio. "São as Três Graças que te recebem, meu Filho", declarou este num sorriso indicativo da dúvida que acompanhava as seguintes palavras, "e descobrirás em breve o que representam, e a lição de vida que te cabe extrair do seu convívio." "Esta é Claudine", designou assim a que vestia de seda azul, exibindo na destra uma rosa de muitos espinhos. "Esta chama-se Sarasine", continuou ele, referindo-se à que envergava uma túnica de veludo negro, sustentando entre os dedos um dado de jogar. "E aqui tens Alexandrine", rematou o sábio as apresentações, fazendo avançar a que, trajando de cetim vermelho, empunhava um simples ramo de murta. Deixou-se o moço de outrora envolver pelo olhar que as três fêmeas lhe devolviam, todas elas adultas, mas manifestando nos gestos o aberrante espírito da infantilidade perpétua. Incapazes de medir as consequências das suas tolas brincadeiras, ali se imobilizavam, trucidadas no drama do ferocíssimo dragão que não consegue ultrapassar a perversidade da reles lagartixa.

E eis que Salai cairia assim na teia de enganos das Três Graças, ora visão impalpável, ora efetiva presença, manifestando-se por transparências sedutoras, ou por teias sem escapatória. A breve trecho mobilizá-lo-ia Claudine, porventura a mais calculista do terceto, para tortuosos negócios de compra e venda de jóias raras, e de esplêndidas peliças, ou para trocas labirínticas de favores que garantissem o acesso a um cargo, ou simplesmente a um festim. Muito amiga do tinido das moedas, detectado na bolsa dos que deambulavam pelas galerias do Palácio, lançar-se-ia então a orientar o rapaz para averiguações de que pudesse ela retirar algum proveito, as da extensão dos bens ao luar de um fidalgo viúvo, as da ganância de um clérigo que quebrasse o segredo da confissão, quando não as das nódoas da camisa acabada de despir por uma favorita do soberano. Mas queixava-se entretanto de dolorosos agravos, ou porque não fora convidada para a tribuna de honra de um torneio, ou porque as criadas lhe não traziam a água a boa temperatura, ou finalmente porque não conseguira direito à amostra de uma essência fabricada pelo mais ilustre perfumista da Corte. Assacando ao moço de outrora a culpa de tais amargos de boca, Claudine passava dias e dias sem lhe dirigir a palavra, fingindo-se concentradíssima nas canseiras da sua correspondência, ou nos acasos dos seus jogos de cartas, porque sabia molestar com isso a diminuta autoestima do que incondicionalmente se colocara sob o seu mando. Na verdade atribuíam-lhe sangue judeu, e pelos quatro cortados, o que parecia deduzir-se do afã com que a rapariga buscava novas fontes de receita, e da sua tendência para uma sovinice igual à de qualquer solteirona velhota. Agitando-se na espionagem das atividades das aventuras de alcova, entretidas pelos mais chegados a Francisco I, vivia na constante expectativa de fracasso das mesmas, não por maldade infusa, mas por imaginar que lucraria com semelhantes desaires, e exibia as vicissitudes dos seus próprios amores como quem atira a um inimigo uma chapada de lama. Sendo reconhecidamente a menos formosa do triunvirato, afetava uma segurança de maneiras que reputava de compensatória da sua falta de encantos, alardeando um trato com gente grada que sempre terminava por se revelar inventado. E embora a sua magreza denunciasse escassa sensibilidade aos prazeres do paladar, o que conduzia a que a acolhessem com reserva nos ágapes em que se comia e bebia em excesso, Claudine dissertava sobre as iguarias mais requintadas como se sempre as houvesse degustado, servidas na alta-roda da glutonaria. Alimentava-se mal de fato, e dormia ainda pior, seguindo em consequência numa irritação permanente que a levava a pontapear os gatos que se lhe atravessassem no caminho, e a escarrar no mármore dos aposentos áulicos como se percorresse as mais torpes vielas do povoado.

Torturada pelo aguilhão do orgulho, assaz frequente nas mulheres que encaram a solidão como derrota pessoal, e que por isso se desgastam na raiva que nelas provocam os amores alheios, Sarasine procedia numa roda-viva de sabotagens e conquistas. De origem humilde, e havendo escalado a pulso a corda que a levaria às estâncias palacianas, nem por isso adoçara o seu agastamento de automarginalizada, investindo na posse dos que ficavam presos na teia que segregava, fossem homens, ou mulheres, uma contínua ilusão de triunfo. Insinuando a natureza benemerente, pronta a sacrificar-se por tutti quanti, e sugerindo encontrar-se na intimidade dos ilustres, e dos influentes, Sarasine lançava os seus feitiços, não raro de forma patentemente tosca, e punha-se a espreitar de longe o efeito dos mesmos. Tinha conhecido Claudine através de Alexandrine, e não descansaria enquanto não arrebatasse a primeira citada para os seus jogos de cama, isto a despeito de andar na altura envolvida já, e desde havia muito, em eróticas acrobacias com a segunda. E no seu devorador apetite de domínio, inconsciente ao extremo de não recuar defronte do paradoxo, controlaria a dinâmica do relacionamento daquelas duas até as precipitar nos braços uma da outra. Deste modo retiraria ela do novo romance em curso a palpitação a que não resistia, de se sentir reconhecidamente enciumada, e apta portanto a exercitar a sua sábia manipulação. Salai apareceria assim, adolescente pertinaz, se bem que avançado nos anos que deveriam significar-lhe a maturidade, talhado para cair como presa ideal neste novelo de entretecidas tensões, e de vontades desencontradas. E o destino que o mestre sinuosamente lhe augurava, ao presenteá-lo com a malfadada coroa de víboras, levantaria fundas suspeitas, em quem quer que inteligisse a personalidade do gênio, sobre a pureza das intenções deste no tocante ao eterno discípulo que afinal desertava do seu convívio. Num abrir e fechar de olhos achava-se o recém-chegado, ainda não liberto por inteiro das célebres polainas pastoris, a capitular diante do mavioso sorriso da nefanda Sarasine, inocente dos movimentos táticos da rapariga, avelhentado de resto, e ao contrário dela, pelo doloroso contorcionismo que lhe impunham. Vendo-a logo como amante fixa, e como mãe dos filhos que lograsse engendrar, Salai nem sequer alcançava entreouvir o silvo da entidade que, de fauces escancaradas, e de língua bífida, lhe tomara conta dos dias.

Alexandrine reagiria a esta charada afetiva com a paixão da morena meridional, sobre cujo lábio superior, e apesar do aturado esforço, empreendido para a suprir, sempre haverá de perpassar a suspeita de um buço. Quando Sarasine se precipitou euforicamente a exibir pelos escritórios dos ministros, pelas régias coudelarias, e pelas copas e cozinhas, de Amboise, o anel de noivado que obrigara Salai a oferecer-lhe, a fúria da primeira namorada atingiria o auge. Destacando-se da onda de festejos, mais ou menos cívicos, e mais ou menos trocistas, que vitoriavam a repentina noiva, Alexandrine proibiria a Claudine que se associasse a eles, determinando para ambas a regra do alheamento prudente e salutar. Mas tendo Leonardo requerido a presença daquela, alertado por Melzi da camisa de onze varas em que o protegido de outrora se enfiava, e inquirindo-a acerca da índole de Sarasine, lançar-se-ia a ex-amante desta numa enorme confusão, a correr para fora do atelier do mestre, e chegando inclusive a tropeçar, e a cair, sobressaltada pelo medo de que a assediassem com uma devassa ao caráter da conversada de antanho. O pretérito rapaz prosseguia no seu idílio desgrenhado, anuindo a quanto lhe pedia a ladina, fosse uma cavalgada pelos bosques das vizinhanças, um passeio pelo rio que aos pés deles fluía, ou simplesmente um banquete de aniversário em que pudesse ela arrastar o súbito nubente como peça de caça. O namoro não faria do homem entretanto a criatura em paz consigo mesma que se desejava, isto porque lhe falecia o horizonte do futuro, e porque desconfiava da infertilidade da mulher, sentindo-se incapaz de erigir o quotidiano com um mínimo de segurança. Sarasine opunha-se então a que o seu chevalier-servant frequentasse o pintor, tentando dissuadi-lo com a ameaça de que iniciaria, se o desgraçado não condescendesse, novos relacionamentos amorosos, isto embora, e com a manha que a caracterizava, houvesse anunciado, e desde o princípio do namoro, que respeitaria como "coisa sagrada" a continuidade do diálogo entre artista e aluno. Sempre de distância calculada, mas sem desviar os olhos dos lances da história que se lhes proporcionava, Claudine e Alexandrine estudavam as feições do adolescente do passado, quando a dominadora batia à porta da quadra onde o recebiam, ou desatava numa gargalhada que lhe punha a estremecer as ancas de falsa parideira. E só o grande gênio, apoiado por Francesco Melzi na manutenção do seu trem quotidiano, se diria escorado numa dignidade calmíssima, e acima do torvelinho de emoções que chocavam entre si, se distinguiam, se ligavam, e se excluíam, sem descobrir o rumo da saída. Entronizado no seu cadeirão, o valido de Francisco I comtemplava o declínio da tarde, recordando os lampejos de cobre, despedidos pelos caracóis da cabeleira do que para ele posara como modelo da impassibilidade dos anjos.

Numa bela noite, e atentando desde a porta de acesso à oficina do sábio, luxuosa agora, no rosto do seu protetor, a fim de porventura ler nele a mágoa resultante da observação do mar de escolhos em que o discípulo de sempre teimava em singrar, Salai avançaria a medo por ali adentro. Do mesmo passo propunha-se o antigo jovem avaliar a persistência daquela vontade de Leonardo, manifestada já, e temporariamente consolidada com a partida para o exílio francês, de abandonar o seu rapaz. De todo o modo, e uma vez averiguada tal dor, e aferida tal resolução, o aprendiz acabaria por desencadear a catarse que torna mais nítidas as paisagens da alma. O carregado sobrecenho do pintor logo o preveniria de que não se mostrava fácil o diálogo entre ambos, mas ainda assim o recém-vindo não recuaria. Bem ao contrário, e arvorando um arreganho que não experimentava, irrompeu pelo espaço do mestre como se fizesse parte dele, canhestramente ostentando o anel que lhe cingia o dedo da mão direita. O gênio interpelou-o então com uma frase que denunciava ter já conhecimento do adereço que o velho moço adotara numa precipitação infantil, e que o amo verberaria nestes termos, "Admito-te tudo, meu Filho, menos que consintas na degradação dos pombos-correios, pobres deles, nascidos para a liberdade, e que amiúde fomos soltar das gaiolas nos mercados de Florença, quando aninhavam nos excrementos de que se lhes atascava a palha da cama, e de pata apertada pela anilha com que os perversos lhes controlavam o roteiro do voo." O adolescente perpétuo corou perante esta diatribe, ajoelhou como de costume ao lado do cadeirão, e retirou o anel com a ligeireza de quem nunca o houvesse enfiado. E só nesse momento ascenderia ele à absoluta contemplação dos objetivos do homem, expressos na oferta da macabra coroa de víboras. Não se tratara de fato de o atrair a uma funesta dança de perversidades femininas, nem de reiterar a angústia que nele provocava a cegueira do que num dia de Florença tomara sob a sua égide. O estranho artefato simbolizava na realidade a tragédia que iria fulminar o que saíra de Oreno, e não para que o adestrassem na arte da pintura, mas para trabalhar para um amo ilustre. Salai desceu à beira-rio, calcorreou as margens por horas infinitas, e regressou aos aposentos de Amboise. E ao procurar Sarasine pelas voltas e reviravoltas dos corredores que desembocavam em corredores, de pavimentos de mosaico de xadrez negro e branco que em mosaicos de negro e branco xadrez se articulavam, suspendeu por instantes a marcha, e pôs-se à escuta dos gemidos que se desprendiam de uma alcova onde jamais penetrara. Ergueu um reposteiro, ajustou a vista à penumbra, e ali estavam elas, Claudine e Sarasine e Alexandrine, cuspindo num delírio, e até que lhes escorresse pelo rego das mamas, o veneno que lhes golfava das bocas de víboras escorregadias, e enroscadas no cio sem redenção.

4.

A cena que lhe invadiu os olhos, e que o afetaria menos pela inverosimilhança do comportamento do trio de fêmeas do que pela concretização daquilo que ele mesmo antecipava, desencadearia em Salai uma espécie de torpor cinzento, vizinho da desesperança de que se lhe descerrassem novos horizontes. A partir dessa altura deu em reparar no corpo do mestre, ali imóvel, mas que ultimamente se lhe tornara menos nítido, em consequência do turbilhão em que o rapaz se envolvera. O pintor transformava-se num cadáver desconexo, mercê dos agentes naturais, o calor das colinas toscanas, o frio do Vale do Loire, e a humidade lacustre que ressuma dos subterrâneos de Milão. E colara-se-lhe ao rosto uma máscara que só não era a do azedume da decrepitude porque a amenizava a curiosidade do sábio, o que fazia com que o brilho do olhar apenas vagarosamente se despedisse dela. Houvera uma época em que a visão de um cavalo a galope, de uma nuvem que o vento esfarrapava, ou do musgo que crescia na fenda de um penedo, equivalia para o artista a um segundo nascimento. Mas nesse tempo, quando mais demoradamente se detinha ele, a examinar as mãos, os joelhos, ou os pés, retirando do exercício a consciência da sua inteireza física, eis que a vontade de desistir do mundo lhe surgia como definitivo abraço, ou como orgasmo redentor. O moço percorria a penumbra da câmara de dormir, e ia enxugar-lhe o suor da fronte, surpreendendo-se por verificar como conseguia o velho, rejeitando sempre o leito pelo medo de nele se extinguir, manter-se em tão esdrúxula posição, híbrida de sentada e deitada. E achegando-lhe os lábios ao ouvido, a assumi-lo já como o defunto que resistia a enfrentar, o eterno discípulo murmurava incentivos e perdões, votos de emenda, e juras de fidelidade, coisas em que por inteiro desacreditava. Leonardo fingia não perceber tais gestos, usando da astúcia que tinha por adequada a promover a regeneração de um filho pródigo assim, não diverso afinal de quantos geramos, e que, se bem que não expressamente, terminam em regra por devorar os próprios pais. Saindo de uma quadra ao fundo de uma escadaria, uma longa risada, entretecida de soluços e ais, acusava a presença tenaz das Três Graças no palácio de Francisco I, rei de França. E o jovem de antanho, ajustando ao gibão o cinto que o amo recentemente lhe oferecera, convocava a virilidade que supunha latente no âmago do seu ser. Duas araras travaram-se de razões, e barafustavam engalfinhadamente no gaiolão de vime, suspenso no terraço de uma dessas mulheres, presumidas vergônteas da nobreza antiga, que se vangloriavam do seu de La Tour, do seu d'Aumale, ou do seu de Dreux. E o aprendiz de outrora aproximou-se então daquele sarilho de lençóis encardidos, no qual Sarasine, infantil malabarista, começava a fatigar-se dos seus compulsivos jogos de sujeição.

Por um insólito fenômeno, idêntico ao dos vasos comunicantes, o qual, achasse-se Leonardo em boa forma, não deixaria de merecer o seu interesse especulativo, à medida que o artista ia definhando, a transformar-se numa pluminha sem peso, Francesco Melzi tornava-se mais e mais alentado. E semelhante troca de massas antolhava-se ao rapaz do mestre, inalteravelmente irritado com o fidalgote burocrático, a prova provada de que lhe usurpara este o lugar que por direito lhe cabia. Não menos afrontava Salai a conduta do peralvilho com fumaças de pintor, e na verdade um mero guarda-livros, a contas com a sua situação de filho menor, arredado da herança da estirpe a que pertencia. Saudava quem quer que com ele se cruzasse, acenando discretamente com a cabeça bolachuda, ornamentada por cabelos que enrolava a ferro aquecido, e referia-se ao patrão simplesmente como "Messer", a induzir a ideia de que não existiria outrem à face do mundo, digno de quejando tratamento. Também por efeito de um estranho mecanismo de compensação, se ao moço de antanho deslumbravam as que real, ou ficticiamente, preenchiam os níveis cimeiros da jerarquia da Corte, ao secretário da altura empolgavam os amores ancilares, entretidos com as que serviam nos degraus mais rasos da escala do pessoal. Era entre o mulherio das cozinhas que ele levava a cabo as suas surtidas de caça, deleitando-se com as presas que se lhe revelassem brejeiras, e fornidas de carnes, em especial quando correspondiam ao tipo dessas entusiásticas, a quem tem de se tapar a boca com a mão, a fim de que, arrebatadas nos clímaxes do seu gozo, não ponham em polvorosa um castelo inteiro. Fantasiava-se então, e à parceira, como dois ganapos estouvados, e entregues a secretas travessuras, escondendo dos adultos as suas malandrices. Nestas transgressões, sempre renovadas, excitava-se com o relento que as alegres marafonas traziam nos dedos, e que acusava o tempero da lebre destinada ao gigot, ou o amanho da truta com que se enriquecia a bouilleabesse. E cultivando contra Melzi uma acrimônia sem armistício possível, o jovem dos velhos tempos observava o outro, a deslocar-se num requebro de cio consolado, e sobraçando um portefólio de misterioso conteúdo.

Sem que alcançasse demonstrar que o seu rival arrancava algumas peças dos códices, e que as vendia a preço que lhe haveria de valer a tranquila aposentação, o aprendiz de antigamente testemunhava de si para si, "Anda-me lá, minha ratazana de esgoto, que ainda hei de ver-te pendurado no poste dos enforcados."

A metamorfose sofrida pelo corpo do rapaz manifestara-se desde logo, e ainda na fase de Milão, ao nível dos quadris, e aí onde surgem os primeiros sinais da degenerescência, ou da maturação, imposta pelo decurso do tempo. Já por essa altura se lhe declarara, iria ele nos seus vinte e cinco anos, a acumulação de matéria adiposa sobre a zona dos rins, e a consequente dificuldade de se dobrar pela cintura. Era a época da execução da *Última Ceia*, e qualquer um dos artífices que o mestre empregava no refeitório de Santa Maria delle Grazie, posto que contando a mesma idade, ou até idade algo maior, se desempenhava das tarefas que exigiam a prestança física de modo bem mais atreiro, e bem mais eficaz. E sempre que por sugestão do amo, tirando proveito dos momentos de lazer, saíam ambos para as margens de um lago, a botanizar como costumavam na Toscana, revelava-se Salai quem mais se ressentia, ao curvar-se para colher uma amostra de *Digitalis purpurea*, ou de *Artemisia alba*. A decadência do moço de outrora revelar-se-ia porém de diversa maneira, e assaz penosa para ele, e para quem lhe devotava a simpatia de que amiúde beneficiam os valdevinos, dispensada pelos de conduta acima de todo o reparo. Depois da partida do artista para França, ao surpreendê-lo nestes termos, desprovido do apoio daquele que ao longo de duas décadas fora seu protetor infatigável, saltou-lhe ao caminho essa matilha de rafeiros que, espiando a vulnerabilidade das presas potenciais, aguarda com paciência a ocasião em que se lhe torne simples cravar o dente na vítima desamparada. A excentricidade prenunciadora do fim de carreira para que ia tendendo o jovem de antigamente, e que se exprimia numa tontice de farpelas garridíssimas, e de chocantes adereços de pechisbeque, atraía-lhe o desprezo dos que por então iniciavam o percurso que ele próprio consumava, e que se envergonhavam de sequer lhe prestar atenção. E a isto acrescia o folguedo dos garotos que cobravam do ridículo alheio o direito à festa, e à prevaricação, em que o grande teatro do mundo se lhes volvia. De cabeleira descaída para cima da nuca, com vista a compensar a progressiva calvície que lhe nascera na fronte, transmudava-se ele de fato na caricatura de um mancebo. Deslocando-se arrastadamente nas botinas cambadas, guarnecidas a fivelas e esporas rebrilhantes, exibia ao pescoço uma chapola de cobre, pretenso medalhão em que a traço grosseiro se representava o rapto de Ganimedes. E o velho aprendiz oferecia-se assim como alvo fácil da chacota da ganapada que, perseguindo-o pelas ruelas de Milão, e batendo ferros da lareira, o atenazava com canções em que faziam rimar capproti com froccioti, ucello com capitello, e fanciullo com culo.

Durante muito tempo, e antes de se resolver a partir para Amboise, Salai sentir-se-ia perseguido ao longo das intricadas ruelas de Milão. Calado o magote de crianças que lhe corria na peugada, produzindo aquela diabólica chinfrineira de insultos, era de uma outra presença que suspeitava atrás de si. Um mocho imenso, agitando sem rumor as asas como que de poeira, acompanhava-o até que o dia principiasse a raiar. Mas no convívio a que revertera com o mestre, e aparentemente liquidada a intriga tenebrosa, urdida pelas Três Graças, aproximara-se dele, movido pela coincidência que se estabelecera entre os dois, e que juntava o fisiológico descalabro do velho de agora à degradação anímica do rapaz de antigamente. O corpo do homem surgia-lhe como um compêndio de moléstias, aberto ao arguto olhar, e ao dedo indicador, desse que em códices e códices averbara glórias e misérias do ser criado à imagem e semelhança de Deus. Imobilizara-se-lhe a mão esquerda, a da pintura, e o discípulo de sempre obrigava-se a guiá-la para cima do peito enquanto o doente, semideitado no cadeirão em que recebia o sol da manhã, parecia cada vez mais suspenso entre vida e morte. Um nevoeiro pairava nos olhos do gênio, igual ao que torna irresistível de compaixão a mirada dos cães moribundos. E nisso via o aprendiz a velatura que desde sempre cobrira rostos e paisagens do pintor, e que em suma denotava o conhecimento da eternidade do mundo, partilhável entre as crianças de mama e os anciãos nas vascas da agonia. Por momentos desejava que o que o protegera desistisse de morrer, ou até que se atrasasse em tal desfecho em relação ao que o adotara. Mas logo um rebate de consciência o acometia, sabendo que apenas no selo da finitude se reuniriam ambos, e que se lhes faria claríssimo então o sentido da existência de cada um. Entrava depois Francesco Melzi com a bandeja da ceia, a qual consistia menos numa ementa de comestíveis do que numa exposição de xaropes e unguentos. E retomando entre as suas a mão do amo, acabado de voltar à sua inércia, o jovem de antanho beijava-a em silêncio, fixava as pupilas nas pupilas do que ia abalar, e saía daquela câmara de cheiros opressos, persignando-se na mágoa, ou na consternação.

 Aconteceu-lhe então sonhar uma dessas substâncias que povoam o sono dos torturados, dos enfermos, e dos cativos. Seguia ele por uma álea interminável, e marginada por altíssimos ciprestes, e a luz do poente atingia-o como um grito abafado. Atrás de si deixara duas das Três Graças, Claudine e Alexandrine, estáticas e de mãos dadas, a vigiar-lhe o passo vacilante. Um frio de mármores tolhia-lhe as articulações, e era a muito custo que progredia, orientado por uma estrela que não lograva avistar. Ao termo da caminhada, e à beira do desmaio, desembocou num átrio redondo, e havendo perdido a noção dos ciprestes, apenas a sombra deles distinguia. No centro da praceta, e rasa à terra, alongava-se uma laje de alabastro sanguíneo, e debruçando-se, leu o nome que antecipara, "Leonardo", ali inscrito a letras negras, e sem mais, datas ou epitáfio. Logo porém, sobressaltando-o com o farfalhante rumor, um bando de pombos cinzentos disparou no voo sem rumo. E foi nessa altura que discerniu o vulto daquela mulher, acocorada como as selvagens em trabalho de parto, mas deslocando-se assim, a alçar sobre as ancas de falsa parideira a confusão dos farrapos em que se envolvia. O fantasma ia descrevendo o périplo da pedra tombal, e à medida que avançava, devagarinho mas com precisão, vertia no chão o seu rasto de mijo, tal e qualmente como as cadelas em cio, e ávidas do cão inconquistável, capaz de as submeter. Concluído o ritual, e no silêncio que se estendera após a partida dos pombos, a mulher aquietou-se à cabeceira da sepultura. E erguendo o rosto, mostrou quem era nas feições de Sarasine, silvando num furor de serpente arrenegada, e a projetar por entre as fauces a perfurante língua bífida. Salai despertou para a treva de Amboise, rígido dos membros, e de têmpora esquerda dorida da picada do ofídio. Crispou-se na instintiva defesa, acendeu uma vela, e foi deambulando pelos corredores da noite, a arder nessa febre que tão só se abate, conforme consta, por efeito do cautério manipulado por uma freirinha virgem. Deteve-se diante dos aposentos do mestre, e entreouviu o hausto de gemidos, pungente e doce, em que se transforma a respiração dos que acederam aos píncaros da idade. Cinco vezes beijou ele a madeira da porta, e cinco outras se benzeu. Fugiu por fim à morte que invadia o que lhe talhara a vida, não como desistem os covardes que não podem amar, mas como escolhem os heróis que entregam o coração para além da caducidade dos dias. Aberta a manhã, montou no último cavalo com que o homem o presenteara, e fez-se à estrada da Itália. Conduzia a reboque a mula que alombava com o alforge onde não ele, mas o rapaz de sempre, metera uma manta, duas fogaças, e uma botelha de vinho.

5.

Prevenido de que Leonardo se achava às portas da morte, Francisco I, de Valois-Angoulême, duque de Milão, e rei de França, quis baixar a Clos Lucé. Percorreu a galeria oculta que ligava o Castelo à residência do mestre, fazendo-se acompanhar pelo esmoler, por dois valetes, e pelo pajem que habitualmente o distraía com o som das notas da charamela, instrumento que na circunstância levara para a eventualidade de com ele suavizar a agonia do pintor. A notícia da vinda do soberano, e da pequena comitiva que o seguia, trazida alguns momentos antes da efetiva chegada deles, ocasionaria a costumeira lufa-lufa de escancaramento e fechamento de portas, de retoque do que se julgava em desalinho, e de aromatização dos ares, tudo comandado por uma Mathurine que se esmerava em sobrepor a eficácia do serviço à turvação da alma. Na alcova do moribundo agregava-se uma multidão de curiosos e compadecidos, não desfalcados daquela nota de mundanismo, denunciada pelo fingimento de que não vemos os outros, no intuito de que melhor reparem eles em nós. Ali estavam, e além dos da casa do superlativo artista, três físicos, um clérigo, e estranhamente uma vendedeira com o seu cabaz de laranjas da Córsega, porventura destinadas a uso terapêutico, ou paliativo. Deu-se espaço para que o monarca progredisse até ao leito impecavelmente asseado, e no qual a palidez das faces do que a breve trecho se despediria da vida se não destacava da alvura dos lençóis que o cobriam, e dos almofadões que lhe alteavam a cabeça no propósito de lhe mitigar a dispneia. Alguém aproximaria de Francisco I o cadeirão em que o doente consumira os meses que lhe haviam precedido a definitiva acamação, e entreabrindo os olhos, o que indubitavelmente se acercava dos degraus finais da existência apercebeu-se da presença do que desejara visitá-lo pela última vez. Balbuciou então um rosário de frases ininteligíveis, e eis que o silêncio que alastrou naquela câmara, iluminada pelo poente de maio, apareceu aos circunstantes como um livro descerrado, e pronto a recolher a palavra que desvendasse o segredo das coisas. Mas o que nesse instante realmente se escutou, proferido numa limpidez de articulações que obrigava os que ali se reuniam a suspeitar de que outra voz se aproveitava da do sábio, mostraria que na consciência deste o rosto de um valdevinos de Milão, encardido e esfarrapado, se substituíra ao do que, reinando na velha Gália, se encarniçava em arrebatar ao grande Carlos V coroa e cetro do Sacro Império Romano-Germânico, triunfador sobre a glória dos Césares.

"Meu Filho", foi balbuciando o velho, e os que o rodeavam deduziram que não se dirigia ele ao monarca que acorrera a ampará-lo no fim de uma viagem, e no início de uma outra. "Meu Filho", retomou o sábio, e prosseguiu, "voltaste para atravessar, guiado por mim, as águas deste rio, e não no corpo em que ainda ficas, uma vez acenado o eterno lenço da memória, erguidos ao céu os olhos que não divisam o além, e enxugada a lágrima que por si mesma secaria." O enfermo cobrou alento, e reassumiu a fala em voz clarificada, "Nunca na verdade abandonaste esse que te foi casa e janela do mundo, messe e colheita, cama e sombra, olhar e livro da vida, cárcere e paisagem, festa e nudez." O rei pediu uma copa de cordial, e tocou com ela os lábios do moribundo. E reverteu este assim, e em surdina, ao seu discurso *in extremis*, "Por ti sujei de tinta os dedos que minha Mãe beijou, fundi cavalos entre faúlhas que me queimaram as barbas, escavei a terra em busca de nascentes que não me mataram a sede, e separei os estames do lírio que se desfizeram em pólen." Arfou no limiar das forças, mas volveu à sua mensagem com estas palavras, "E porque não haveria de te amar, se nunca me mentiste, se nunca me roubaste, se nunca comeste como um bárbaro, se nunca bebeste como um louco, se nunca avistaste um dos meus códigos sem que te apetecesse abri-lo, se nunca me envergonhaste diante dos meus amigos, se nunca abdicaste de me defender, quando com anéis e silêncios, com troças e indiferenças, me insultavam as tuas namoradas, e me impeliam para a tumba, e me escarravam nas chagas?" "Se cometeste tais falhas, algumas delas, ou todas", remataria o agonizante para estatuir, "sempre afinal vieste ter comigo, meu Amor, rastejando como o rafeiro de focinho lavado em pranto." E o gênio calou-se por momentos, mas num arranco terminal articulou ainda devagar, em alto e bom som, o seguinte, "Meu Filho, meu Companheiro, meu Irmão, meu Eu, meu Tudo", e uns quantos vocábulos mais, irremediavelmente incompreensíveis. Ordenou então Francisco I que se adiantassem com uma ventarola de cambraia, capaz de escorraçar o hálito que se libertava da boca do que ia morrer. E lançando a mão enluvada, a apoderar-se de uma daquelas laranjas da Córsega sem serventia, descascou-a pacientemente, e pôs-se a deglutir os gomos refrescantes, e dotados da virtude de o confirmar na existência de umas quantas dádivas de Deus, imunes à fatalidade da putrefação.

Francisco I, de Valois-Augonlême, duque de Milão, e rei de França, galante como nunca, flectiu um joelho, assentou o outro no mosaico da câmara, e inclinou a fronte sobre a mão esquerda do mestre, a inerte, a que lhe resvalava do peito, e lhe penderia afinal da cama sem amanhã. Por ser quase verão, e o passamento ter ocorrido num período de chuvas retidas, o cadáver do gênio não tardaria a feder. Desfaleceram por isso duas damas lautamente ataviadas, e houve quem dissesse que teriam sido elas Claudine e Sarasine, Sarasine e Alexandrine, ou um qualquer duo das componentes do abjeto terceto das Graças. Francesco Melzi agastou-se com esta sequência de contratempos, a inquinar a solenidade de que pretendia extrair um recorte imorredouro da sua própria figura, e deu ordens para que se iniciasse, de ataúde cerrado, e mesmo assim entre imparáveis fumigações de incenso, a primeira velada fúnebre. Assediou-o então, e para grande menoscabo da sua impassibilidade aristocrática, quem maldosamente lhe pediu notícias de Salai. O factótum oficial inteiriçou-se em toda a sua imponência, e restringiu-se a responder, "Sabe perfeitamente, meu Amigo, como são os trovadores desafinados, iguais aos vadios, dormem debaixo das pontes, roubam o pão de quem trabalha, e festejam com uma borracheira o regresso das andorinhas." O notário lera-lhe já o testamento do artista, e dele constavam as suas últimas vontades em sede espiritual, e um rol de legados em que Melzi aparecia como principal beneficiário. Voou de imediato a imaginação deste, e viu-se amparado pelo prestígio de intimíssimo do pintor, a desfrutar da boa vida que na sua ideia se não distinguia da fortuna de o haver frequentado. Arquitetou-se por conseguinte como magnífico pai de família, presidindo na cabeceira da mesa a repastos intermináveis, aos quais afluíam os mais vantajosos convivas. Desceria depois a escada de serviço, isto sempre na sua fantasia, e penetraria nas cozinhas, guiado pelo apetite de pescar um desses peixões enxundiosos, do coletivo das criadas adstritas à confecção dos manjares. Mas o que sobretudo o enchia de arreganho, e de um que admiravelmente se matizava de gozos de retaliação, era recordar-se do que entretanto percebera, que por determinação expressa do famoso *de cujus* não coubera ao rapaz de outrora, ali identificado como seu "servitore", mais do que metade da hortazinha de Milão, quedando a restante metade para Battista de Vilanis, criado também. Temerários como se revelam os juízos humanos, o impante secretário ignorava duas razões que reverteriam em prol da dignificação do aprendiz. Se Leonardo se achava consciente de que qualquer pecúlio, caído na bolsa do seu moço, não duraria mais do que o mês da praxe, em contrapartida devolvia-lhe assim a condição de camponês sem cheta, livre porém, e alodial, capaz de talhar o seu destino sem o impedimento de coisas e loisas, e limpo do medo de vir a perdê-las.

Chegou outro rei, outro pintor, e outro rapaz, todos na opinião das gentes mais esplêndidos do que quantos os tinham precedido. As Três Graças abandonariam o Castelo, indo ocupar uma choupana da floresta, mas não sem levarem consigo inumeráveis arcazes, atulhados de tudo aquilo com que se haviam amanhado, roupagens e joias, móveis e tapetes, e o mais do que precisassem para a sua espaventosa aposentadoria. Com o correr dos anos porém foi-se o terceto deteriorando na aparência, e assim, se Claudine, sempre escanzelada, crescera em nariz e queixo, e até ao ponto de tocarem estes entre si, Alexandrine adquirira uma testa imensa, e alombada, sobre a qual recedia a rala cabeleira, o que apenas se mostrava compensado pelo bigode que não cessava de lhe medrar. E quanto a Sarasine, desbordando em contínuo no volume das ancas, entrava ela em concorrência com as portadoras da armação das saias, chamada "guarda-infante", que por então principiava a estar em moda na corte de Espanha. Passavam por ali os viandantes, e as Três Graças concediam-lhes pousada, se os suspeitassem abastados, e quer fossem eles jovens ou velhos. Mas quando se tratava de um moço pobretanas, ou de um miserável ancião, ei-las que o despediam com esta frase enfadada, e sempre a mesma, "O Senhor o favoreça." Ofereciam em contrapartida aos hóspedes um deslavado caldo de beldroegas, acentuando que tinha sido essa a iguaria favorita do grande Francisco I. E de madrugada, se valesse a pena, enfiavam-se duas delas, Claudine e Sarasine, Sarasine e Alexandrine, ou Alexandrine e Claudine, na quadra em que o forasteiro dormia, e exploravam com ele, e à porta aferrolhada, os seus lascivos encantos, insensíveis às queixas da terceira, quem quer que esta fosse, que ficava do lado de fora, guinchando e arrepelando-se, dorida por lhe proibirem participar nos jogos em que amigas e pensionista se enroscavam. Para além disto consumiam o tempo em disputas constantes, ou porque uma delas pontapeara o cãozinho de uma outra, ou porque amarrotara esta o lençol onde aquela se deitava, ou porque mutuamente se roubavam luvas e plumas, espelhos e vidrinhos de cheiro, pentes e unguentos. Tinham entretanto um par de criadas que funcionavam numa roda-viva de cochichos e simulações, medianeiras em cabalas que traziam à lembrança a época das três víboras, entretecidas em diadema. E à noite organizavam desvairadas festarolas, nas quais intervinham amas e servas, exibindo-se seminuas, mas numa extravagância de perucas azuis, verdes e cor-de-laranja, de rosto recoberto de alvaiade, e de beiços besuntados de carmim. As velas pingavam a cera sobre o tampo de aparadores e papeleiras, e aquietavam-se as Três Graças enfim, mas cada qual em seu canto, sentadas no chão, e de pernas entreabertas, a comer com os dedos a pasta de amêndoa, contida nas gamelas que apertavam entre os joelhos.

Por vezes despenhavam-se umas sobre as outras, serviçais e patroas sem distinção, agasalhavam-se nas peles que abundavam pela choupana, e iam narrando a crônica de suas vidas. "Nunca possuí tantas moedas como quantas ambicionei, e ainda hoje meus sonhos e pesadelos me conduzem por montes de ouro, por minas onde as pepitas brilham no leito de um regatinho, ou por cofres que se abrem e fecham, completamente vazios", principiava Claudine, muito lânguida, sob a ação dos vapores da aguardente de sidra. E prosseguia, pondo o esquálido pé nu fora da manta de lontra, bastante coçada já, "Nunca atingi a riqueza por que ansiava, que digo eu?, nem metade, nem um terço, nem um baú atascado de escudos do louro metal." E concluía, "Os machos que coloquei ao meu serviço, escolhidos por errados palpites, revelaram-se madraços sem carácter, e que faz uma mulher vulgar para ficar mais ou menos confortável?, escancara as pernas, coisa a que jamais me prestaria sem amor." Sarasine e Alexandrine entreolhavam-se, e disfarçavam o soluço de riso que as acometia, ao darem-se conta de como ocultava a amiga a consciência da sua fealdade. "Lembro-me bem, lembro-me muito bem", atalhava Alexandrine, "de como te esforçaste por submeter aos teus desígnios aquele rapaz de Milão, o queridinho do Mestre, por te haverem informado de que era ele guloso de fausto, bom trapaceiro, e próximo dos grandes poderes das sete partidas do mundo." E Sarasine ajuntava "Orgulho-me de ter enganado o paspalho, quando o utilizei para minha folgança, e por motivos que só eu conheço, aliás era fraco e molengão, impotente para agarrar as rédeas do destino, e tão receoso de que o dispensasse como de se quedar perpetuamente sob o meu império." E aduzia, "Apresentei-o como noivo à beira de me desposar, e o pobre diabo não topava com a marosca, e qual era?, pois provar a mim mesma como se me tornava facílimo dominá-lo." "Chamava-se Salai, mas de que valerá falarmos dele?", inquiria Claudine. "E que esperavam vocês?", indagava Alexandrine, e estatuía de imediato, "Todos iguais, os homens, inúteis para o que exceda aquilo que lhes ordenamos!" Deixava entretanto no ar esta pergunta, "Que sorte caberia ao desgraçado?" Coçando o sovaco esquerdo, e após lançar com estrépito o arroto do costume, Sarasine esclarecia, "Consta que se mostrou em Milão o fantoche que sabemos, frouxo de vontade, e amante das penumbras em que a razão cede ao alheamento de si própria." E cerrando os olhos como que a preparar-se para se abismar no sono, sumariava ela, "Casou pelos vistos com uma tal Bianca Calidiroli d'Annono, muito bonita, sensata e afetuosa, assim a pintam, como se o inteiro mulherio não fosse da nossa laia, um rebanho de cabras que ora seduzem, ora se entregam, ora traem, ora se enfurecem, ora cheiram a perfume como as que andam a estas horas na Corte, ora a ranço como nós nos tempos que vão correndo." "Quanto ao mais", finalizaria ela com voz entaramelada, "parece que morreu o tonto por efeito de um disparo de arcabuz."

    Nas alvoradas de gelo os corvos apareciam, atravessando uma fresta de claridade, e em busca das sementes adormecidas nas profundas do inverno. As Três Graças, engatadas entre si, e envolvidas nos trapos que lhes restavam dos saraus palacianos, soerguiam-se na tarimba, e apuravam o ouvido. Exasperados de fome, e desistentes da primavera, os corvos crocitavam o estribilho de sempre, "Salai, Salai, Salai, Salai". E a neve, a que tudo apaga, continuava a cair.

Toledo, 19 de julho de 2013

Referência da epígrafe

FREUD, Sigmund. *Cinco lições de psicanálise, Leonardo da Vinci e outros trabalhos.* In. *Obras psicológicas completas de Sigmund Freud: edição* standard *brasileira*, com comentários e notas de James Strachey em colaboração com Anna Freud; assistido por Alix Strachey e Alan Tyson. Traduzido do alemão e do inglês sob a direção geral de Jayme Salomão. Rio de Janeiro: Imago, 1996. Volume XI.
(Tradução de *The standard edition of the complete psychological works of Sigmund Freud*)